A SENHORA DO SOLAR

PELO ESPÍRITO

ANTÔNIO CARLOS

PSICOGRAFIA DE

VERA LÚCIA MARINZECK DE CARVALHO

A SENHORA DO SOLAR

LÚMEN EDITORIAL

A senhora do solar
pelo espírito Antônio Carlos
psicografia de Vera Lúcia Marinzeck de Carvalho

1ª edição – maio de 2015

Direção editorial: *Celso Maiellari*
Direção comercial: *Ricardo Carrijo*
Revisão: *Érica Alvim*
Projeto gráfico e arte da capa: *Ricardo Brito | Estúdio Design do Livro*
Imagem da capa: *Stephanie Connell | Shutterstock*
Impressão e acabamento: *Orgrafic Gráfica*

Dados Internacionais de Catalogação na Publicação (CIP)
(Câmara Brasileira do Livro, SP, Brasil)

Carlos, Antônio (Espírito).
A senhora do solar / pelo Espírito Antônio Carlos ; psicografia de Vera Lúcia Marinzeck de Carvalho. – São Paulo : Lúmen Editorial, 2015.

ISBN 978-85-7813-161-6

1. Espiritismo 2. Psicografia 3. Romance espírita I. Carvalho, Vera Lúcia Marinzeck de. II. Título.

15-02953 CDD-133.93

Índice para catálogo sistemático:
1. Romances espíritas psicografados : Espiritismo 133.93

LÚMEN
EDITORIAL

Rua Javari, 668
São Paulo – SP
CEP 03112-100
Tel./Fax (0xx11) 3207-1353

visite nosso site: www.lumeneditorial.com.br
fale com a Lúmen: atendimento@lumeneditorial.com.br
departamento de vendas: comercial@lumeneditorial.com.br
contato editorial: editorial@lumeneditorial.com.br
siga-nos no twitter: @lumeneditorial

2015

Impresso no Brasil – *Printed in Brazil*

Dedico

este livro a minha neta
ISABELA, espírito amado que
volta ao nosso convívio.

VERA
São Carlos (SP) – 2014

Sumário

1º capítulo: Vida simples

— Estranha! Estranha! — Celeida gritou no portão.

— Vá lá, Noeli, e atenda essa vizinha — pediu Violeta.

Noeli, que estava na horta com a mãe, foi ao portão.

— Bom dia, dona Celeida! Sou Noeli! Lembra?[1]

— Desculpe-me, é que esqueço sempre seu nome. Vim trocar. Aqui tem quase dois quilos de carne. Quero ovos, alface e rabanete.

Noeli pegou o pacote das mãos de Celeida e se afastou mancando, colocou-o na cozinha e voltou à horta, onde ela e a mãe, Violeta, pegaram o que Celeida havia pedido e foram ao portão, entregando as mercadorias,

---

1. N. A. E.: Tanto Noeli quanto Noellii são nomes bonitos. Penso que, na época ou na localidade, era considerado um nome diferente, talvez incomum.

que tinham sido trocadas. A vizinha agradeceu e foi embora.

— Vamos ter carne hoje para o almoço! — exclamou Violeta.

— Mamãe, ela me chamou de Estranha. Tenho nome! Não sei por que ela me chama assim.

— Você não deveria se importar. Não ligue. Gosto do seu nome.

— Dona Celeida justifica que é difícil e que esquece — lamentou Noeli.

— Não é nome comum, mas não é difícil.

— Por que, mamãe, a senhora me colocou esse nome? É por causa do retrato?

— Sim, foi — respondeu Violeta. — Quando estava grávida, foi que prestei atenção no retrato da escada. Minha mãe falou que era um nome estrangeiro. Achei a mulher retratada tão linda!

— É uma pintura a óleo — comentou Noeli. — De fato, ela é bonita, não me pareço com ela. Conte mais, gosto quando a senhora fala daquele tempo.

Enquanto trabalhavam na horta, Violeta atendeu à filha e contou:

— Seu avô Nieto, como todos o chamavam, era um bom homem, o nome dele era Antonieto. Meu pai e sua avó Maria vieram trabalhar nesta casa quando tinham dois anos de casados. Mamãe tinha tido um filho que morreu de uma febre. Ela veio para trabalhar na cozinha, e papai, de cocheiro. Mamãe contava que esta casa, naquela época, era mais afastada da cidade e, com o tempo, a cidade cresceu, penso que não muito, e casas foram construídas por aqui.

Violeta fez uma pausa, e Noeli pensou:

"Estamos isolados aqui, os vizinhos estão distantes. O mais próximo é o senhor Danilo, os outros estão a uns duzentos metros. A casa está numa esquina."

— Vamos, mamãe, conte — rogou Noeli.

— Sua avó Maria demorou depois para engravidar, foram cinco anos, e eu nasci, depois seus tios Jorge e Zezinho.

— A senhora não sabe mesmo deles? De seus irmãos?

— Não sei — respondeu Violeta. — Jorge foi embora jovem ainda, disse que ia se aventurar num garimpo. Escreveu algumas vezes, até mandou dinheiro. Um dia mamãe estava apreensiva e contou que vira Jorge, que ele viera se despedir dela, que morrera. Mandamos missivas para o último endereço do remetente de suas cartas, não obtivemos respostas e nunca mais ele escreveu. Acredito que de fato tenha morrido. Zezinho também saiu daqui em busca de emprego, escrevia pouco e, numa dessas cartas, contou que havia se casado. Quando lhe escrevi contando que mamãe falecera, ele respondeu lacônico, informando que ia se mudar, estava se separando da mulher e que não ia mais escrever. Mandei mais duas cartas, e elas retornaram com o carimbo de que a pessoa não morava mais lá. Nunca mais soube dele.

— Fale, mamãe, de meus avós — pediu a mocinha.

— Eles trabalharam aqui por muitos anos. O solar tinha muitos empregados, e, com o tempo, tudo foi mudando. Quando o senhor Pietro foi embora, o dono disto tudo, demitiu os outros empregados, ficaram somente papai, mamãe e Sebastião. O senhor Pietro disse que iria fazer uma longa viagem, que duraria anos, e deixou os três para cuidarem da casa. Ele, por dois anos, enviou o ordenado aos três, depois parou. Sebastião foi embora, e ficamos meu pai, minha mãe, eu e você. Meu pai, para sobrevivermos, fez a horta, aumentou o galinheiro, e passamos a viver deste trabalho. Meus pais morreram, e eu estou aqui.

— Dona Violeta! — gritou Ângela no portão. — Vim trazer pão e pegar verduras.

— Vá lá, mamãe, eu não gosto dessa dona Ângela — queixou-se Noeli. — Ela olha sempre me examinando. Depois, é a única que parece levar vantagem nas trocas.

Violeta foi atendê-la.

"Sei que as pessoas sentem pena da gente", pensou Violeta, "e nos ajudam com trocas. Dona Celeida trouxe carne, que custa caro, e levou ovos e verduras. Penso que ela quer nos ajudar dessa forma. Mas, dona Ângela, talvez seja justa ou tente, como minha filha diz, levar vantagem. Às vezes traz pão velho e duro."

Atendeu-a.

Noeli entrou na casa, foi à cozinha e lavou as mãos, ajudaria agora a mãe a fazer o almoço. Para economizar lenha, já que o fogão era antigo e de lenha, faziam o almoço e o jantar, que era à tarde, esquentando num fogareiro de gás de uma boca somente.

"Economizamos em tudo", pensou a garota. "A água do banho é esquentada, temos nesta casa enorme somente três lâmpadas elétricas e nenhum eletrodoméstico. Não pagamos pela energia elétrica, foi o vizinho, o senhor Danilo, quem puxou um fio de sua casa para termos este benefício, mas não podemos abusar. Temos uma lâmpada na cozinha, outra na sala para iluminar a escada e outra no banheiro que usamos."

Noeli resolveu ir ao banheiro. Subiu as escadas e, ao descer, olhou para os quadros na parede e viu o retrato da senhora do solar, de Noellii. Todos os quadros, eram cinco, tinham os nomes dos retratados na parte de baixo: Tomás; Noellii; Josefa, mãe de Tomás; Eleodora; e Pietro. Ela também havia sido registrada com a grafia igual à do retrato. Mas nem sua mãe sabia direito como pronunciar, e ela ficou sendo chamada de Noeli.

"Mamãe conta que vovó dizia que a senhora era chamada de: No-el-li-i. É bonito. Gosto do meu nome."

Descia as escadas devagar; de repente, viu a mulher bonita, a senhora do solar, e, como das outras vezes, não sabia se era ela que se aproximava muito ou se era como se fosse a própria. Estava ajeitando a saia comprida para melhor pisar nos degraus. Sentiu o perfume, suave e envolvente, um aroma agradável. Foi somente por segundos, dois talvez. Olhando para baixo, viu seus pés calçando não mais os sapatos elegantes mas, sim, botas. Usava-as por ter uma perna mais fina e menor do que a outra.

"Como gostaria de ser esta mulher!", suspirou.

Foi para a cozinha e, junto com a mãe, prepararam o almoço.

Ângela saiu satisfeita com a troca, encontrou Celeida logo adiante, e conversaram.

— Fui ao antigo solar fazer minha troca — disse Ângela.

— Eu também fui pegar verduras — contou Celeida. — Depois passei perto da casa do senhor Danilo e conversei com ele. Este nosso vizinho não troca, compra, para elas terem algum dinheiro. Estou aborrecida comigo, chamei a menina de Estranha. Ela tem um nome diferente que não consigo lembrar.

— Faça como eu, somente chamo por Violeta — disse Ângela. — Nós a ajudamos muito com essas trocas. À tarde vou separar roupas, meu marido comprou um cobertor, e irei amanhã levar para elas. Não se aborreça por esquecer o nome da menina. A garota é diferente como seu nome. Menina feia! É muito magra, tem uma perna menor e anda mancando. Seus olhos são verdes, mas de uma tonalidade opaca; seu olho direito é estrábico; tem o queixo grande e pontudo; lábios pequenos e finos que não ornam com seu rosto. De fato, a garota é estranha!

Celeida escutou a vizinha atenta, conhecia Ângela há tempos, sabia que ela somente dizia que ia levar coisas para as moradoras do solar, porém não levava, assim como também se favorecia com as trocas. E, pela descrição da mocinha, reconheceu que era verdadeira, sentiu-se pior ainda por tê-la chamado pelo "apelido".

— Também não a acho bonita! — exclamou Celeida. — A garota tem algo que não sei se consigo definir, talvez seja por isto o apelido: Estranha!

— Não sei por que elas não se mudam daquela casa velha. As duas ficam tão isoladas! — comentou Ângela.

— Mudar? Irem para onde? Violeta se sente na obrigação de cuidar da casa.

— Muito esquisito o único herdeiro da casa, que antigamente diziam ser um solar, ter ido viajar e não ter voltado ainda. Será que morreu?

— Como vamos saber? — Celeida suspirou.

— Todas as vezes que a menina me atende, tenho a impressão de que falo com a senhora do solar.

— Como?

— Dona — respondeu Ângela. — Parece ser dona daquelas ruínas.

Celeida preferiu mudar de assunto e foram para seus lares.

Na cozinha, mãe e filha preparavam o almoço e dividiram a carne.

— Vamos guardar no vão este pedaço para amanhã, deste faremos a sopa para o jantar, e este cozinharemos para o almoço.

O vão era um lugar debaixo da pia. Elas colocavam água numa bacia e a travessa com a carne dentro. Assim evitavam que formigas fossem no alimento. Ali era úmido e estava sempre frio, conservando o alimento de um dia para o outro.

— Dona Celeida é boa — comentou Noeli. — Até esqueci que ela me chamou de Estranha. Infelizmente, a cidade toda me conhece por este apelido. Gostava tanto de estudar, não quis mais ir à escola porque lá todos zombavam de mim. Não consegui fazer nenhuma amizade. Até Rosinha, a filha do senhor Danilo, passou a me evitar porque os colegas riam dela por minha causa. Penso ter sido melhor eu ter parado de ir à escola. O estudo não me fez falta, o importante é que sei ler e escrever, faço contas e sei o básico.

"Minha filha", pensou Violeta, "sai pouco de casa. Eu que faço as compras. Não gosta de sair porque infelizmente as pessoas a ficam olhando, observando. Penso que elas não sabem que as atitudes delas ofendem, magoam minha menina."

Almoçaram e voltaram ao trabalho. A vida das duas era rotineira, nos sete dias da semana faziam a mesma coisa: arrumavam a casa, deixavam tudo limpo, cuidavam da horta e das galinhas, tinham muitas aves que lhes forneciam ovos e carne. À noite se sentavam na cozinha, por ter luz, onde normalmente liam. Noeli gostava de ler os livros das estantes do escritório ou, como a mãe chamava: da biblioteca. Havia muitos livros, e ela pegava para ler os romances. Dormiam cedo e acordavam quando o sol nascia.

Naquela noite, a garota comentou:

— Mamãe, vou levar para dona Pérola aquela travessa com tampa que a senhora chama de *bomboniére*.

— Será certo vender objetos da casa? Às vezes penso que sim, outras que não. — Violeta suspirou e continuou a falar: — Dona Pérola gosta de peças antigas e tem comprado as que você leva. Esta senhora deve enfeitar a casa dela na cidade grande onde reside. O marido dela tem uma fazenda aqui perto, e eles vêm para cá para ele fiscalizar o trabalho de seus empregados. A casa deles aqui é também bonita, em frente à praça da igreja. Lembra como a conhecemos? A empregada dela veio comprar verduras e comentou que sua patroa gostava de antiguidades. Você disse que tinha algumas, e a empregada pediu para você levar para dona Pérola ver. Lembro que você levou um cinzeiro.

— E agora levo sempre peças, e ela compra; com este dinheiro vivemos melhor — falou Noeli.

— E se o senhor Pietro voltar...

— Isto, se ele voltar — Noeli interrompeu. — Mamãe, quando ele viajou, eu estava com quatro anos, hoje estou com quatorze. Faz, portanto, dez anos que ele partiu e oito anos que ele não dá notícias nem nos paga. Veja, por favor, essas vendas como um pagamento.

— Pagamento de quê? — perguntou Violeta.

— De estarmos aqui e cuidarmos de tudo.

— É isto que me preocupa, não cuidamos. Nada é consertado na casa.

— Por favor, mamãe — pediu a mocinha —, não somos proprietárias, somos empregadas. Somente os donos fazem reparos, consertos. Necessitamos de remédios, cobertores, agasalhos e alimentos. A senhora gosta de tomar café, e compraremos o pó. Fazemos trocas, mas mesmo assim, precisamos de muitas coisas. Vou aproveitar que dona Pérola está na cidade, ela vem aqui de uma a duas vezes por mês e fica de dois a três dias, para vender alguma peça; ela compra e paga direitinho.

— E se o senhor Pietro retornar e pedir conta desses objetos? Talvez ele nos mande prender por roubo.

— Mamãe, nada disso irá acontecer. Primeiro, ele era desligado do que a casa tinha. Não podemos mexer nos livros que ele gostava nem nos retratos, o resto ele não sabe que tem. Depois, podemos nos defender dizendo que o senhor do solar não nos pagava. Não sei explicar, mas sinto que o senhor Pietro não volta mais. A senhora gostava dele? Como patrão, quero dizer.

— Via-o pouco. Ajudava mamãe na cozinha, morávamos no quarto dos fundos, meus irmãos dormiam no porão. Ele não ia à cozinha e dificilmente eu entrava pela frente da casa.

— Dormir no porão! Como pode? — Noeli se indignou.

— Naquele tempo, o porão era arrumado e limpo. Depois que Jorge e Zezinho foram embora, lá virou um depósito de lenha.

— Existem tantos mistérios nesta casa! A avó do senhor Pietro, que se chamava Noellii, teve somente uma filha, Eleodora, e esta teve somente o senhor Pietro. Família pequena!

— Comentavam — falou Violeta — que a senhora Noellii tinha feito alguns abortos; dizem que traía o marido, que era mais velho que ela. E que, quando engravidava de amantes ou não sabia quem era o pai, abortava. Teve somente uma filha, que era muito orgulhosa, que casou com um moço de outra cidade, e ele morreu três anos após o casamento, deixando dona Eleodora viúva. Mas...

— Conte, mamãe, por favor — pediu Noeli.

— Meu pai contava que, na época, o marido de dona Eleodora havia se apaixonado por uma dançarina de uma cidade grande e queria ir embora com ela. Então, houve o acidente: ele caiu do cavalo, bateu a cabeça numa pedra e faleceu. Só que papai dizia que ele era um excelente cavaleiro e que o cavalo era dócil. Comentaram que foi a senhora Noellii quem mandou matá-lo, viram-na dando ordens para um empregado do senhor Tomás, esposo da senhora, e que este jagunço tinha fama de ser mau e fazer serviços sigilosos.

— Será verdade? Ela mandou matar? — perguntou Noeli.

— Papai afirmava que sim. Diziam que o senhor Afonso, o genro, morreu para não haver escândalo de a filha ser abandonada, separada. Eleodora ficou viúva com o filho pequenino. Não se casou mais e viveu aqui. O senhor Tomás morreu, então todos pensaram que a senhora do solar fosse se casar com o senhor João Luiz, o sobrinho de seu marido que frequentava muito esta casa e, segundo comentavam, era amante dela. Mas ele quis se casar foi com Eleodora. Minha mãe contava que houve algumas brigas, e João Luiz caiu da escada e faleceu.

— Credo em cruz! — exclamou a garota. — Ainda bem que não vejo ele cair da escada.

— Lembra que me prometeu? Filha, por favor, não comente o que vê com ninguém.

— A senhora acredita que vejo?

— Você não mente — respondeu Violeta. — Penso que é imaginação. Fale de suas visões somente comigo.

— Com quem mais converso?

— Você fala com as pessoas que trocam mercadorias conosco, com dona Pérola...

— Com ela, falo somente o necessário — Noeli se defendeu.

— Lembro-a de que foi por isso que recebeu o apelido de Estranha.

— Odeio ser chamada assim.

— Se você se importar, fica pior — opinou Violeta.

— Agora sei me controlar. Antes, quando tinha visões com as pessoas, eu falava.

— Era complicado quando você não se controlava. Recebi até reclamações. Da escola, foram duas vezes. A diretora reclamou que você viu e comentou que nas costas de uma funcionária da limpeza havia um negro e que ele a tratava como cavalo; de fato, esta mulher se queixava de dores nas costas. A meninada riu e passou a chamar a funcionária de Carrega-Negro. Depois, sua professora reclamou que você tinha falado que um coleguinha não parava quieto porque havia uma velha sentada com ele.[2] Por falar essas coisas é que as pessoas tinham medo de você. Agora vamos falar da venda. Sei que precisamos de muitas coisas, mas não acho certo vender objetos da casa.

---

2. N. A. E.: Noeli era médium. Tinha, desde pequena, mediunidade em potencial. E, no caso da funcionária, é uma exceção, dores são normalmente físicas.

— Mamãe — rogou a garota —, analise comigo: o senhor Pietro, antes de viajar, não deu para os empregados da casa as roupas de sua mãe e as que estavam guardadas da avó? Não deu roupas de cama e cobertores?

— Deu, sim, meus pais ganharam também — afirmou Violeta.

— O senhor Pietro era distraído, não ligava para a casa. Ele, sim, que era estranho, indo fazer peregrinação na Índia. O fato é que ele se foi, não voltou ainda e, se retornar, não dará falta de nada porque não sabe o que tem. Vou vender e pronto! Já passamos por muitas necessidades.

— Está bem, você me convenceu, porém não acho correto! — exclamou Violeta.

— Pena que dona Pérola não levante cedo. Irei às dez horas, quando ela já tomou o desjejum. Neste horário, encontro-me com muitas pessoas na rua.

Apagaram a luz da cozinha e subiram as escadas. Desde que Sebastião tinha ido embora e o cômodo dos fundos começou a ter muitas goteiras, eles se sentiram muito mal acomodados, e, quando Antonieto morreu, temerosas de dormir no quintal, as três, Maria, Violeta e Noeli, decidiram ocupar um quarto no interior da casa, o menor. Os quartos ficavam no andar superior, a residência era um sobrado. Atualmente, a pintura estava desbotada, e o jardim, descuidado, dando a impressão de abandono. Mas quem a conheceu na época do casal

Tomás e Noellii sabia que era a casa mais bonita e luxuosa da região. Dona Eleodora não ligava muito para o lar, mas, no seu tempo, o jardim era cuidadosamente cultivado com muitas flores, e as paredes eram sempre pintadas. Foi depois de seis meses que Eleodora havia falecido que seu filho Pietro, herdeiro do solar, partiu.

A filha deitou-se primeiro, as duas dormiam no mesmo quarto, e a claridade da luz do banheiro iluminava o corredor, deixando o quarto com luz suficiente para enxergar os objetos. Noeli teve a sensação de que se deitara numa cama grande e luxuosa, a mesma que estava no quarto principal e que agora estava desbotada, a cabeceira era de um veludo que devia ter sido lilás e atualmente estava roto e rasgado. Sentiu os lençóis de linho e um acolchoado macio, estava tudo perfumado. O lance foi rápido, logo se viu numa cama pequena com lençóis velhos e um cobertor fino.

"Vou comprar cobertores, um para mim e outro para mamãe. Nada de passar frio neste inverno."

Acostumada a ter visões,[3] nem comentou com a mãe.

Quando era apagada a luz do banheiro, o quarto não ficava no escuro, era iluminado com uma tênue claridade vinda de um poste da rua, que ficava alguns

3. N. A. E.: Nesta fase de sua vida, Noeli chamava de "visão" tudo o que via e ouvia dos desencarnados, assim como também os lances de sua encarnação anterior.

metros distante. Para ter esta claridade, elas deixavam a janela somente na parte do vidro. E, com isto, quando o sol despontava, inundava com seus raios o quarto, acordando-as.

Cansadas, dormiram.

No outro dia cedo, Noeli auxiliou a mãe na horta, depois trocou de roupa, pegou a peça que ia vender, embrulhou-a numa toalha e a colocou numa sacola, despedindo-se da mãe para ir à casa de Pérola. Fechou o portão e olhou a casa.

"Solar!", pensou a garota. "Talvez tenha sido realmente no passado."

A pintura da casa que fora rosada estava desbotada: em muitos lugares, escurecida; e em outros, a tinta tinha descascado. Noeli parou na mureta que tinha um metro e vinte centímetros de altura que rodeava a frente da casa. A rua era de terra batida e não havia calçada, por ela transitavam poucas pessoas. Até a casa do senhor Danilo ainda tinha algum movimento, mas, até o solar, somente quem vinha trocar mercadorias.

– Noeli! Filha! – gritou Violeta vindo apressada até o portão. – Vim ver se soltou os cabelos.

– Soltei, mamãe. Tchau!

A mãe se orgulhava dos cabelos da filha. Eram lindos, louros, brilhantes, lisos e compridos, indo até a cintura. Violeta cuidava deles, aprendera com sua mãe a usar ervas e, uma vez por semana, passava, antes de lavá-los, um preparado com duas plantas. Depois esquentava água, fazia isto sempre antes do almoço. Lavava-os no tanque, onde a filha se sentava numa cadeira e colocava a cabeça no lugar que batiam as roupas. Violeta lavava-os com outras ervas e enxaguava-os com folhas. Os cabelos não embaraçavam e os deixava secar soltos. Por dois motivos lavava-os antes do almoço, para a água ser esquentada no fogão aceso e porque demoravam a secar.

A mãe entrou, e Noeli olhou novamente a casa.

"Gosto daqui, mas também não tenho como comparar, é a única casa que conheço. Mamãe fala que não devemos nos comparar com outros porque comparação não é bom: ou nos achamos superiores ou sofremos por nos sentir inferiores. Ela tem razão. Sou o que sou, moro aqui e acabou."

Andando devagar, porque assim mancava menos, passou pela casa do senhor Danilo.

"Homem bom este! Educado e prestativo."

A casa de Danilo era grande e bem cuidada. Não viu ninguém e continuou a andar rumo ao centro da cidade.

"Não sei por que construir um sobrado num terreno tão grande! Vovó dizia que era chique na época. Que a senhora Noellii fez a casa como no seu país.

Veio de um país do continente europeu. Os quartos e banheiros no andar de cima; embaixo, salas. Descer e subir escadas devia ser chique, algo luxuoso."

Cumprimentou algumas pessoas na rua e logo chegou à casa de Pérola. Tocou a campainha, uma empregada veio atendê-la e a conduziu a uma sala.

— Sente-se aqui, moça. Dona Pérola virá atendê-la.

"Esta casa é bonita!", pensou Noeli. "Tem tantas lâmpadas que a noite deve ser como o dia. Sofá bonito, objetos caros."

— Bom dia! — Pérola entrou na sala e a cumprimentou. — O que me trouxe hoje?

Noeli respondeu o cumprimento e tirou a *bomboniére* da sacola. Pérola examinou-a.

— Ainda tem muitas peças como esta na casa? — perguntou Pérola.

— Algumas. Estão bem escondidas. Vendo-as porque o senhor Pietro autorizou. — Noeli mentiu. — Ele deu ordem para vendê-las e ficar com o dinheiro como ordenado.

— Esta peça é bonita! Você tem quadros?

— Poucos, a maioria são retratos pintados a óleo, mas esses não temos autorização para vender.

— Vou continuar comprando suas peças — determinou Pérola.

— Esta é valiosa, não é? Precisamos de roupas e cobertores.

— É uma peça linda, mas não é muito valiosa. Compro-a por... — Pérola deu o preço.

Noeli pensou que ia receber mais por ela. Mas aceitou. Pérola saiu da sala com a *bomboniére* e pediu para a garota esperar, pois fora buscar o dinheiro. Voltou minutos depois, pagou e lhe deu uma sacola.

— Você disse que o dinheiro era para comprar roupas. Tenho algumas aqui. Aceita?

— Sim, claro, e fico grata — respondeu Noeli.

— Maria também vai lhe dar outra sacola. Quando tiver outra peça para vender, traga-a que eu compro.

Despediram-se.

"Que menina estranha!", pensou Pérola. "Tem somente os cabelos lindos. Compro estas peças antigas, algumas são valiosas. A maioria revendo tendo lucro. Não vou vender esta *bomboniére,* gostei dela. Vou dar roupas que não usamos mais para esta mocinha."

Maria, a empregada da casa, acompanhou Noeli ao portão e deu a ela outra sacola.

Noeli tinha planos de ir ao armazém comprar café para sua mãe e ir a uma loja adquirir meias e cobertores, depois encomendar ao sapateiro, ao senhor José, botas novas. Mas, com duas sacolas, sendo uma grande e pesada, foi para casa. Curiosa para saber o que continha em cada uma, andou o mais rápido que conseguiu. Do portão, gritou pela mãe.

— Estou aqui na cozinha — respondeu Violeta. — Venha almoçar, a comida está pronta.

— Mamãe, dona Pérola me deu duas sacolas, uma com roupas e a outra não sei o que tem. Vamos ver, estou curiosa.

— Deu como? Ela não comprou a *bomboniére*?

— Comprou e pagou. Eu falei a ela que as peças que vendia eram autorizadas pelo senhor Pietro, era o nosso salário e que esse dinheiro era para comprar roupas. Ela me perguntou se aceitava algumas roupas dela e das filhas, disse que "sim", e ela me deu.

Curiosas, abriram as sacolas.

— Mamãe, que roupas bonitas! — exclamou Noeli. — Blusas novas ainda. Vão servir para mim e para a senhora. Esta saia é muito curta.

Entusiasmaram-se com as roupas. A maioria serviria.

— Estas que não usaremos — determinou Violeta —, vou dar para a Maricota ou para a Cida, elas têm netas que usam estas roupas. Abra a outra sacola.

— Um pão, bolo, duas latas de doces e salgadinhos. Que delícia! Vamos comê-los!

À tarde, as duas saíram e foram às compras. Primeiro foram ao armazém, depois foram a lojas e adquiriram lençóis e dois cobertores grossos.

— Restou pouco dinheiro. Mas compramos o que precisamos! — exclamou Violeta.

— O que faremos quando todas as peças forem vendidas? — Perguntou Violeta.

— Um problema de cada vez. Ainda temos muitas. Amanhã passarei cômodo por cômodo e pegarei tudo o que penso que dona Pérola gostaria de comprar, e guardarei no armário da biblioteca.

— No sótão tem alguns brinquedos — lembrou Violeta.

— Lá é o lugar que mais tem goteiras. Vamos tirar tudo o que tem no sótão e guardar. Organizarei todas as peças para vender no futuro.

O jantar daquela noite foi diferente. Em vez de tomar chá, tomaram café e comeram o resto dos salgadinhos e bolo.

Dormiram contentes.

No outro dia, depois do almoço, Noeli foi, cômodo por cômodo, e pegou tudo o que poderia vender, embalou as peças em lençóis velhos. Tinha porta-joias, frascos onde se colocavam perfumes, cabides de metal trabalhado, saboneteiras e muitos talheres de prata. Nas salas, guardou dois vasos, cinzeiros, taças, xícaras e pratos. Ficou satisfeita com o resultado. No escritório/biblioteca, embaixo das estantes de livros, havia um espaço grande vazio. Noeli guardou os objetos ali. No outro dia, foi ao sótão, mas lá não encontrou muitas coisas. Somente um baú com desenhos na madeira, e brinquedos. Com a ajuda da mãe, colocou o baú para tomar sol, depois deixou-o na biblioteca.

— Este será o próximo que venderei — decidiu Noeli. — Isto porque é de madeira e pode ter cupim.

Separou os brinquedos, pegou para si duas bonecas e, os outros, Violeta resolveu dar para as crianças pobres.

"Queria tanto, quando criança, ter bonecas. São lindas!"

Na biblioteca, tinha vários objetos que poderia vender, mas, estes, Noeli não guardou, deixou onde estavam: eram porta-livros, cinzeiros, porta-canetas.

"Estes serão os últimos que venderei", determinou a garota.

Os dias passavam sem novidades para as moradoras do antigo solar.

2º capítulo: Um amor

A vida das duas moradoras do antigo solar era realmente uma rotina, e dez anos se passaram. Mãe e filha mantinham a horta e o galinheiro bem cuidados. Continuavam trocando mercadorias e vendendo-as. Tinham de comprar sementes e milho para as aves, que também era alimentadas com restos de verduras. O dinheiro era pouco, e tinham muitas dificuldades. E, para as despesas extras, Noeli continuava vendendo os objetos da casa para Pérola, que, além de comprar, lhes dava roupas e alguns alimentos. As roupas que não eram aproveitadas, as que não usariam porque eram muito da moda, Violeta doava para amigas que eram também pobres. O solar estava cada vez mais necessitado de reparos, reformas e pintura. O telhado apresentava muitas goteiras. Tiraram tudo o que estava no sótão. Os baús, alguns grandes, Noeli vendeu, e Pérola mandou empregados de caminhonete buscá-los. Foi depois de muitos anos que alguém, além das duas, entrou dentro da casa.

Noeli e Violeta, com muito esforço, tiraram alguns móveis do andar de cima e colocaram no térreo. O quarto que dormiam não tinha ainda goteiras.

— Estou preocupada com esta casa — falou Violeta. — Está se tornando uma ruína. O senhor Pietro não dá notícias.

— Mamãe, ele deve estar mesmo morto. Lembra da minha visão? Fui à biblioteca e, ao entrar, vi um vulto de costas perto da escrivaninha. O vulto virou, era o senhor Pietro, e me olhou. Recordo-me até da roupa que usava, estava vestido com uma túnica comprida, de mangas longas, a cor era bege clarinho. Ele sorriu e disse: "Filha, nada disto me interessa mais, moro em outro lugar. Faça o que quiser com tudo isto. Que Deus a abençoe!". Assustei-me, fiquei petrificada, não conseguia me mexer, e a visão foi evaporando. Quando consegui me mexer e falar, roguei: "Senhor Pietro, por favor, me responda: O senhor voltará? Onde está?". Nada, nenhuma resposta. Continuei implorando: "Senhor Pietro, me responda, por favor: O senhor voltará? Posso mesmo vender tudo?". Andei pelo escritório, procurei pelos cantos, mas não vi o proprietário do solar e nem o senti mais.

— Você já me contou isto umas dez vezes — queixou-se a mãe.

— Repito para que entenda que o senhor Pietro me autorizou vender tudo o que quiser. Se é dele e me deu, posso vender. Mamãe, por que será que ele me chamou de "filha"?

— Muitas pessoas costumam chamar outras pessoas, principalmente as mais novas, de "filha" ou "filho", de modo carinhoso. Talvez o proprietário desta casa tenha morrido. Ele era sozinho, não tem parentes por parte de mãe. Pelo que sei, a senhora Noellii veio de outro país com uma tia, o resto de sua família ficou no seu país de origem, e ela perdeu o contato com eles. A tia faleceu quando a senhora Noellii estava casada. Falavam também que a família do senhor Tómas era pequena e, depois que se casou, desentenderam-se, então ele se afastou dos parentes. Assim, dona Eleodora não conviveu com parentes. Seu marido, o senhor Afonso, tinha muitos irmãos, mas, com a morte dele, muito suspeita, eles se afastaram, e o senhor Pietro não tinha nenhum contato com a família do pai, que mora longe daqui. Talvez eles nem saibam que o senhor Pietro viajou.

— Família estranha! — exclamou Noeli. — Mas eu também não tenho família. Tenho somente a senhora. Talvez eu tenha parentes do lado do meu pai. Mas como sabê-lo? Por que, mamãe, a senhora não gosta de falar do meu pai?

— Já lhe contei tudo — respondeu Violeta. — Sabe que não gosto de falar deste assunto.

— Sei que sofreu muito preconceito. Foi mãe solteira. A senhora o amou muito, não foi? Vejo alma de defuntos, por que será que não vejo a do meu pai Ferdinando? Como ele era? Gosto de imaginá-lo.

— Ele era louro, olhos verdes, alto e magro.

— Fale mais, por favor — pediu Noeli.

— Começamos a namorar escondido, encontrávamo-nos no fundo do quintal. Ele veio de outra região, me contou que tinha pai, madrasta e doze irmãos. Trabalhava para dona Eleodora. Agi errado me entregando a ele, pensávamos em nos casar quando Ferdinando faleceu. Foi entregar um gado e foi picado por uma cobra. Foram duas notícias juntas, a da morte dele e que eu estava grávida. Meus pais foram generosos, não me repreenderam, me deram apoio, e você nasceu! — Violeta suspirou.

— Eu me pareço com meu pai? — Noeli quis saber.

— Sim, parece.

— Que pena não termos um retrato dele. Podemos imaginar as pessoas pelos retratos. O senhor Pietro tinha os cabelos castanho-claros como os olhos; a mãe dele, dona Eleodora, e a senhora Noellii eram louras. A família do solar era clara.

— Vamos falar da venda — pediu a mãe.

— Amanhã cedo vou levar aqueles aparadores de livro e as colheres grandes de prata — decidiu Noeli.

— Não são muitas peças?

— Quero, com o dinheiro, comprar tela para cercar novamente o galinheiro, a nossa está velha e arrebentando em vários lugares. Por duas vezes, algumas galinhas fugiram. Elas podem acabar com a horta.

Foram dormir. Noeli ficou pensando que queria muito ver seu pai. Ela gostava dele e orava todas as noites para o pai, que não conhecera, e também pelos avós.

— Vou orar também — falou baixinho — pelo senhor Pietro e agradecer por ter me dado permissão para vender tudo o que preciso.

No outro dia, perto das dez horas, Noeli se arrumou, pegou os objetos, colocou-os dentro de uma sacola grande, despediu-se da mãe e, andando devagar para não doer os pés, foi para a casa de sua compradora.

— Oi, menina — Pérola cumprimentou-a. O que me trouxe desta vez?

— Dois pares de porta-livros e três colheres de prata. Trouxe mais desta vez porque preciso muito comprar telas novas para o galinheiro. Espero que a senhora tenha dinheiro para comprá-las e que ofereça o mais que puder por estas peças.

— Vamos ver... Oh! São lindas! — exclamou Pérola.

Examinou, deu o valor. Desta vez a vendedora pediu mais, e Pérola acabou por concordar. Noeli ficou contente pela venda e porque também ganhou duas sacolas, uma de roupas e outra com alimentos. Guardou o dinheiro, pegou as sacolas, agradeceu e se despediu.

Resolveu levar as sacolas para casa e, no outro dia cedo, ir ao armazém do senhor Gilson comprar as telas. Foi andando devagar.

Antes disso, na praça, estava um grupinho de rapazes. Estudantes. Um deles, José, era filho de Celeida, que viera passar o feriado de páscoa em casa e trouxera uns amigos. Estudavam em uma cidade maior onde havia universidade.

Estavam sentados num banco da praça conversando.

— Eu avisei que aqui não tinha nada para fazer — falou o filho de Celeida. — Quiseram vir, agora não reclamem.

— Está tudo muito agradável — falou um deles. — A comida de sua mãe é ótima. Aqui é quase um campo, o ar é puro, e descansaremos, estamos estudando muito.

— Quem é aquela moça? — perguntou Antero, um dos rapazes.

— Aquela coisa esquisita? — indagou José.

Todos olharam discretamente para Noeli, que atravessava a praça para chegar à casa de Pérola.

— Ela é minha vizinha — esclareceu o filho de Celeida aos amigos. — Essa moça e a mãe moram numa casa velha que antigamente era chamada de "solar".

— São proprietárias? — perguntou um deles.

— Nem sei o que são. Mamãe fala que o dono, o senhor Pietro, foi viajar há muitos anos, deixou os avós dessa moça para cuidar da propriedade e não voltou. Dizem que morreu, e as duas, mãe e filha, moram lá.

— Ela é muito feia! — comentou um deles.

— Mas tem os cabelos lindos! — exclamou Antero.

— Ora! Por que não a namora?

— Eu disse somente que os cabelos dela são bonitos — repetiu Antero.

— Você foi rejeitado pela Selma, que não o quis namorar — comentou um dos rapazes. — Está atravessando uma maré de azar que nem essa moça irá querê-lo. Como ela se chama?

— Estranha — respondeu José. — Todos a chamam assim. Ela é mais velha do que eu, conheço-a desde de garoto, embora pouco a veja. Ela tem um nome diferente. E todos a chamam de Estranha porque, como viram, ela é isso mesmo.

— Antero, meu caro, nem com essa você consegue namorar — desafiou um dos amigos.

— Claro que consigo! — afirmou Antero.

— Vamos apostar? — perguntou outro do grupo.

Os quatro rapazes, que ficariam três dias na cidade, riram. Antero, sentindo-se desafiado, aceitou a brincadeira. Apostaram que ele, Antero, tinha de marcar um encontro com Noeli e ficar com a moça duas horas conversando no banco do jardim. Se isto ocorresse, ele ganhava a aposta, que era um bolão onde cada um colocou uma quantia de dinheiro e, se ele perdesse, o grupo dividiria entre si; só que Antero colocou quatro vezes a mais que o resto do grupo.

— Pelo que sei — falou o filho de Celeida —, minha vizinha logo passará por aqui novamente. Vi que foi à casa da senhora Pérola e deve retornar pela praça para ir à sua casa.

— Vou conversar com ela. Para isto, vou ficar do outro lado, na calçada. Vocês saiam daqui, ela não pode vê-los. Quando vir que ela saiu da casa dessa senhora, irei ao seu encontro.

Os rapazes foram para o outro lado da rua, esconderam-se, mas tentaram ver o que ocorria. Antero fez o que planejou. Ao ver Noeli sair da casa de Pérola, que se localizava na rua em frente à praça, foi ao seu encontro. Ele se fez de distraído e deu um esbarrão em Noeli. A moça, também distraída, assustou-se.

— Desculpe-me, senhorita! Desculpe-me! Machucou-se?

— Está desculpado. Não me machuquei — respondeu Noeli.

— Pois eu me machuquei. Virei o pé! Está doendo! Você não me ajuda?

— Como?

— Deixe-me apoiar em você — pediu Antero. — Vamos sentar num banco um pouquinho? Com certeza a dor logo passará. Por favor!

Antero segurou com força no braço direito de Noeli e foram para o banco. Sentaram-se.

— Obrigado — o moço agradeceu. — Chamo-me Antero e você?

— Eu? Chamo-me Noeli.

— Noeli, nome bonito. Estou aqui na cidade na casa de um colega.

— Preciso ir. Seu pé está doendo ainda? — perguntou Noeli.

— Melhora. Mas não vá, não antes de me dar uma informação. Estou perdido. Separei-me dos amigos e não sei voltar para a casa onde estou hospedado. Estava tentando me situar quando esbarrei em você.

— Quem é seu amigo?

— José! — exclamou Antero.

— Filho de quem? Sabe?

— A mãe dele se chama Celeida, respondeu Antero.

— São meus vizinhos. Moramos relativamente perto. Vou explicar como ir.

— Fique aqui mais um pouquinho comigo — pediu o moço. — Assim que meu pé parar de doer, iremos. Posso ir com você? Se mora perto do meu amigo, você pode me levar.

Antero reparou na moça.

"Ela tem tudo para ser bonita", pensou ele. "Se eu a descrever, direi: alta, magra, loura e de olhos verdes. Mas o apelido tem razão de ser: os olhos são estrábicos e de um verde sem vida; os lábios, muito finos; o queixo, comprido; e ela não é nada elegante."

Noeli estava vestida com uma saia longa, usava-a para sair, isto para esconder a perna mais fina e a deformidade do pé, o direito era menor e torto para dentro. A blusa era bonita, fora Pérola quem lhe dera; usava botas para andar melhor.

Antero, querendo ganhar a aposta, foi muito gentil, conversava sem parar: falou da cidade, fez algumas perguntas, prestava atenção nas respostas. Depois de quarenta minutos sentados, ela se levantou, e ele, gentil, pegou as sacolas e foram andando devagar. Ele falou de poesia, chegou até declamar uma para ela.

— É ali, naquela travessa, que dona Celeida reside — mostrou Noeli. — Eu moro logo ali, continuando reto.

— Vou até lá para levar as sacolas para você.

Chegaram em frente ao portão do antigo solar.

— Noeli, vamos nos encontrar outra vez? — perguntou Antero. — Por favor! No sábado. Vou esperá-la no banco em que estávamos sentados às dezoito horas e trinta minutos. Por favor! Foi tão agradável conversar com você. Há tempos não tinha uma boa conversa.

— Não sei — Noeli estava indecisa.

— Só aceito um "sim"; se não, não saio daqui.

— Está bem, vou encontrá-lo no sábado às dezoito horas e trinta minutos.

— Estarei esperando você. Não falte! Até logo! — Antero se despediu.

Esperou-a abrir o portão, deu-lhe as sacolas e, quando ela fechou, ele virou e foi embora.

Noeli ficou contente. Pela primeira vez, um moço lhe deu atenção, conversou sobre assuntos agradáveis e quis vê-la novamente. Estava tonta de alegria.

"Ele é lindo!", pensou ela. "Moreno claro, sorriso encantador, dentes perfeitos. Está bem vestido, é alto, magro e tem as mãos grandes."

— Noeli — a mãe veio ajudá-la assim que abriu a porta. — Você demorou, estava preocupada. O que aconteceu? Dona Pérola a fez esperar?

A moça, contente, contou do encontro que teve.

— Não sei se deve ir ao encontro. Ele é de outra cidade. Talvez não o veja mais — Violeta se preocupou.

"Mamãe deve ter ficado traumatizada. Ela namorou papai, que era de outra região. Mas comigo será diferente. Terei, talvez, somente esse encontro para me recordar. Irei, sim!"

"Noeli se entusiasmou", pensou Violeta. "O que faço? Tenho medo de ela sofrer. Por que será que esse moço lhe deu atenção? Amo demais minha filha, mas reconheço que ela não tem atrativos para chamar atenção de rapazes. O que estou pensando? Talvez esse moço tenha percebido que Noeli é realmente uma garota especial, bondosa e inteligente. Depois, será somente um encontro."

A filha quis mudar de assunto e abriu as sacolas.

— Que blusa bonita! Veja, mamãe! Vou colocá-la no sábado. Dona Pérola não queria me pagar o que pedi, mas dessa vez negociei. Precisamos de dinheiro para comprar as telas do galinheiro.

Noeli ficou diferente, estava contente e pensou muito em Antero. No outro dia, sexta-feira, a mãe lavou seus cabelos com mais capricho. Ela escolheu a roupa que usaria. Ficou o tempo todo pensando no moço.

"Devo estar amando. Vou amá-lo para sempre", pensou Noeli. "Se ele me pedir para namorar, vou aceitar. Podemos nos corresponder por cartas. Tenho um amor! Isto é bom! Estou feliz!"

No sábado, só de pensar no encontro, seu coração batia forte. Estava eufórica. Deixou para comprar a tela do galinheiro na segunda-feira. E, ao tratar das aves, viu um buraco na tela, assim como também duas galinhas na horta. Fechou o buraco, pegou as duas fujonas e contou as aves. Percebeu que Cocota não estava no galinheiro.

— Essa Cocota é esperta, é a ave que mais gosto. Vou procurá-la.

Olhou pela a horta não viu a galinha, procurou por todo o quintal. Viu, na terra fofa de um canteiro, a marca de seus pezinhos. Seguiu-os. Noeli percebeu que a ave passara pela cerca que estava muito precária.

O terreno onde estava o solar era grande, fora cercado com mourões e arame. Muitos pedaços haviam caído. No fundo do quintal, havia árvores e mato alto; do lado esquerdo, estava uma rua pequena de terra com muitos buracos e que declinava. Poucos metros à frente havia algumas casinhas, e eram esses moradores que Violeta e Noeli ajudavam. Essas pessoas, para ir ao centro da cidade, usavam outra rua, não passavam por ali. À direita do solar, por onde mãe e filha iam à cidade, depois da cerca, havia um terreno grande vago e, depois, a casa do senhor Danilo. Em seguida, uma travessa, onde havia muitas casas. Esse terreno vago dava fundos a muitas residências, que diziam ser vizinhas.

Noeli pulou a cerca e viu Cocota perto do muro da casa de Celeida. Andando devagar para não fazer barulho e espantar a ave que ciscava, a moça foi pegá-la. E o fez facilmente, Cocota era uma ave acostumada com ela e dócil. Aconchegou-a em seus braços e escutou vozes. Eram dos rapazes conversando.

"Antero", pensou ela, "está hospedado na casa de dona Celeida. Eles estão conversando, vou escutá-los."

— É a Estranha! — ouviu um dos rapazes.

— A moça, embora feia e esquisita, tem um nome bonito: Noeli! — reconheceu a voz de Antero.

Noeli sentiu-se petrificada por instantes. Continuou escutando os jovens, que riam e falavam dela. Procurou um buraco no muro, que era somente de tijolos, encontrou um vão e olhou: viu os moços na área comendo bolo e conversando alegres. Viu Antero, José e outros dois jovens.

— Vou ganhar a aposta — afirmou Antero. — Dinheiro fácil! Ficarei sentado com ela no banco da praça por duas horas, conversando. Terminado o horário, levantarei, a levarei para casa e acabou.

— E se a garota se iludir, pensar que você e ela estão namorando? — perguntou José.

— Não pensará — respondeu Antero. — Pelo que conversei com ela, a garota não é tola. Depois, todos nós já tivemos, temos ou teremos uma paixão não correspondida. O importante é eu ganhar a aposta.

— Vamos falar mais baixo — pediu José. — Se mamãe ouvir, ficará brava e nos impedirá de ir em frente com a aposta.

Passaram a falar mais baixo. Noeli, para escutar, encostou a orelha no vão do muro e ouviu algumas palavras da conversa como: "Noeli", "feia", "estranha", "magra", "aposta", "dinheiro"; Antero teria que ficar com ela duas horas na praça. Depois passaram a falar de estudo. A moça os olhou novamente. Observou Antero.

"Estou olhando-o pela última vez", pensou.

Cocota estava inquieta no seu colo. Lágrimas escorriam abundantemente pelo rosto de Noeli; tentando não fazer barulho, voltou para casa, pulou a cerca, deixou a galinha no galinheiro, verificou novamente se não tinha mais nenhum buraco. Viu sua mãe na horta, entrou na casa e chorou. Depois de minutos chorando, lavou o rosto e foi ajudar a mãe.

— Onde você estava?

— Três galinhas fugiram e fui procurá-las — Noeli respondeu de cabeça baixa, não queria que a mãe percebesse que havia chorado.

No horário de fazer o almoço, as duas foram para a cozinha. Então Noeli chorou, assustando a mãe.

— O que aconteceu?

A moça, chorando de soluçar, contou tudo o que ouviu. Violeta sentiu raiva.

— Vou contar para a Celeida! Vou agora xingar esses moços.

— Não, mamãe! Por favor, acalme-se! Vamos conversar. Esses moços são inconsequentes, não sabem o que fazem. Brincam. Esquecem que feios e estranhos têm sentimentos. Fui eu que criei expectativa, me iludi. Depois, mamãe, dona Celeida não sabe e, se ela souber, a cidade inteira ficará sabendo e serei motivo de riso e piada, embora alguns possam sentir pena. Darei uma lição em Antero, simplesmente não irei ao encontro. Vou deixá-lo esperando, e a lição será que perderá a aposta.

— Você tem razão, minha filha. O melhor é não ir e não falarmos nada a ninguém sobre este encontro. E se por acaso alguém perguntar, sorriremos e responderemos que você não tinha intenção de ir e que nem prestou atenção no moço. Eles não falarão, não comentarão sobre a aposta; com certeza José, o filho de Celeida, ficará com medo da mãe. Eles sabem que estão agindo errado.

Noeli comeu pouco e a mãe fez chás calmantes, que tomou. Foi uma agonia para a moça quando chegou o horário em que havia planejado trocar de roupa, chorou escondido no banheiro. Por insistência da mãe, comeu um pouquinho no jantar e foram deitar mais cedo.

Antes disso, o grupo de jovens havia se arrumado e saído, foram à praça. Lá se separaram: Antero sentou no banco sozinho; e os amigos se sentaram num outro, de onde viam o colega. Antero foi se inquietando, Noeli estava atrasada. Os amigos se juntaram a ele.

— Antero, você perdeu a aposta — decidiu José. — A Estranha não veio! Mulheres atrasam, mas não uma hora. Ganhamos!

— Vou até a casa dela! Estou complexado! Nem uma feia me quer — lamentou-se Antero.

— Vai mesmo? — perguntou um dos moços.

— Vou!

— Então vamos juntos e ficaremos escondidos. Vamos ver se ela o recebe. Mas você perdeu a aposta.

— Perdi! — Antero concordou.

Foram. Os rapazes ficaram rentes ao terreno com mato alto, Antero parou em frente ao portão e chamou:

— Noeli! Noeli!

Mãe e filha estavam deitadas quando o ouviram chamar.

— É ele, mamãe! O Antero! Vou olhar. Com certeza o orgulho é tanto que se indignou por eu não ter ido! — Exclamou Noeli levantando.

Olhou pela vidraça do quarto, viu vultos no terreno.

— Os amigos vieram junto, estão escondidos.

Desceu rapidamente a escada e foi para a biblioteca, cômodo na frente da casa por onde via a rua pela janela. Abriu somente um pouquinho a parte de madeira e, pelo vidro, viu Antero em frente ao portão. Estava escuro, mas conseguiu vê-lo; ele estava parado, depois pegou umas pedrinhas, jogou na porta de entrada e gritou mais alto:

— Noeli! Noeli! Por favor, venha aqui! Por que não foi ao encontro? Esqueceu-se? Noeli!

A moça olhava-o. Violeta se levantou e foi atrás da filha.

— Quer que jogue água nele? — perguntou a mãe.

— Não, mamãe, não faremos nada. Com certeza ele irá logo embora.

Ouviram um assobio, os amigos o chamavam. Antero foi embora. Noeli fechou a janela e subiu com a mãe para o quarto. Não falaram. A moça demorou a dormir. Ouvia sua mãe ressonar.

"Vou lembrar somente do que achei ser bom neste acontecimento: do esbarrão, de nossa conversa, de ele me acompanhando até em casa, da poesia... E esquecer da brincadeira, da aposta. Se eu fosse uma moça comum, a atitude dele não faria diferença, mas não sou; sou, sim, estranha, a moça feia. Talvez ele e os amigos nunca saibam da maldade que me fizeram."

Levantou-se no outro dia no horário de costume e viu, pelo espelho, que estava abatida e com a fisionomia triste. Violeta também estava tristonha.

"Por que, meu Deus, minha filha é assim? Acho-a bonita porque a amo, mas, se observá-la, seu físico é feio. Será que se parece com o pai? Não sei o que faço. O melhor é ter paciência e esperar, o tempo cura todas as feridas. Não comentarei com ninguém o que aconteceu."

— Mamãe, por favor, atenda hoje as clientes. Fico na horta.

Violeta concordou, mas, naquele domingo de páscoa, vieram poucas pessoas trocar ou comprar verduras. Aproveitando que a mãe estava conversando com uma mulher, Noeli fez o trajeto do dia anterior e foi para perto do muro. Olhou pelo buraco. Viu os rapazes, eles se arrumavam para ir embora e brincavam com Antero. Ela imaginou que os amigos zombavam-no por ter perdido a aposta. Eles saíram da área e entraram. Noeli calculou que iam pegar o ônibus das dez horas. Voltou para casa. A mãe não comentou a ausência da filha.

Foram almoçar. Noeli, ao se sentar na cadeira, teve outra visão. Viu-se com uma saia comprida de tecido luxuoso sentar e cruzar as pernas.

— Ah, não! Visão hoje, não! — exclamou.

Violeta não comentou, comeram caladas.

No outro dia cedo, a moça foi ao armazém do senhor Gilson e comprou a tela e canos de ferro para prendê-las. Comprou também o que a mãe gostava: café, balas e doces. Gastou quase todo o dinheiro que recebeu de Pérola.

"Mamãe merece! É a única pessoa que me ama!", pensou.

Senhor Gilson prometeu entregar a mercadoria à tarde. Noeli trabalhou muito nos dias seguintes, na horta e trocando a tela do galinheiro, mas, quando trabalhava muito, seu pé e tornozelo doíam bastante. A mãe fez compressas com ervas e lhe deu chás calmantes.

"Meu pé está doendo", pensou Noeli, "porém, a dor física ainda é menor que a de minha alma. Com o cansaço, meu corpo quer descanso e durmo. Vou me esforçar para fazer o que decidi, vou guardar este amor numa gaveta de minha alma. Estará lá. A Estranha amou, teve um amor. Será somente uma lembrança. A vida continua. É minha vida que tenho de amar".

O galinheiro ficou pronto, e ela resolveu aumentar a horta. O trabalho ajudou-a, como auxilia a todos. Quando temos muito tempo, normalmente aumentamos nossos problemas. Ninguém mais ficou sabendo da brincadeira dos rapazes. A rotina das duas voltou ao normal.

Mesmo se esforçando para não se lembrar de Antero, Noeli pensava muito nele e chorava de saudade e por amar e não ser correspondida, fazia isso escondido para não entristecer sua mãe. Resolveu nunca mais se iludir, prometeu a si mesma não se interessar por mais ninguém. Concluiu que era melhor ter amado alguém e sofrer do que nunca amar. Melhorou quando conseguiu orar pelos rapazes e por Antero, desejando que fossem felizes.

3º capítulo: Cartas

Anos se passaram, e poucas coisas mudaram. A vida das duas era sempre igual, todos os dias executavam as mesmas tarefas. Acordavam cedo; comiam pão ou bolo; quando tinham, tomavam café ou então chá; iam para a horta; tratavam das galinhas; atendiam freguesas; faziam o almoço; se alimentavam; limpavam a casa; e iam novamente para a horta. À noite, após o jantar, liam um pouco e iam dormir. As novidades eram poucas, as freguesas contavam os acontecimentos da cidade, as fofocas, e algumas se queixavam da vida. Violeta era quem saía para fazer algumas compras, e Noeli somente ia, agora, raramente à casa de Pérola para vender algum objeto.

"Tenho somente duas peças que talvez possam interessar à dona Pérola", pensou Noeli. "Há também os livros e os quadros. Pelos livros ela já falou que não se interessa. Minha compradora tem vindo muito pouco à cidade. Ela me disse que está adoentada e que os filhos não querem vir para cá. No ano passado, veio somente duas vezes."

— Mamãe — disse Noeli —, amanhã faço trinta e cinco anos. O tempo passa devagar, mas ao mesmo tempo depressa, sinto-me velha.

— Eu, sim, que estou idosa — falou Violeta sorrindo. — Filha, às vezes penso que, se tudo acontecer como deve ser, morrerei primeiro que você.

— Não fale isto, mamãe, por favor. Não fale em morrer. O que farei sem a senhora?

— Viverá até chegar sua hora de partir para a outra vida. Promete, filha? Por favor! Se eu morrer, continue aqui com sua vidinha.

— Mamãe, a senhora tem, ultimamente, falado muito em morte. Por que isto?

— Seria bom se morrêssemos juntas! — Exclamou Violeta. — Mas isto, com certeza, será difícil. Você sabe muito bem que sobrevivemos à morte do corpo. Vê tantos espíritos! Se pudesse, filha, nunca me separaria de você. Sabe por quê? Porque nos amamos, e muito. Depois, se você vê espíritos, irá me ver. Queria mesmo que você morresse primeiro do que eu. Verdade! Talvez eu viva melhor sozinha. Porque sei que, se você morrer, irá para o céu.

— Nem vamos à igreja — comentou Noeli.

— Mas oramos, e sinto Deus em mim, conosco. Não pecamos. Não agimos errado. Não acredito que Deus Pai veja como pecado não ir à missa, que é um ato externo.

— Mamãe, vamos hoje transferir nosso quarto para o andar de baixo? Para a salinha íntima? A temporada de chuva logo chega e, no andar de cima, existem muitas goteiras. Traremos um móvel de cada vez, desceremos as escadas com cuidado.

— Não gosto de mexer na casa — respondeu Violeta —, mas não temos alternativa. Como não tem banheiro no andar de baixo, teremos de continuar subindo escadas.

— Mas, pelo menos, não dormiremos com goteiras. Devia ser muito chique ter um cômodo da casa para si, sala íntima, como a senhora Noellii teve e depois dona Eleodora.

— Penso que era para receber as amigas — falou Violeta —, alguém para uma conversa reservada. Lá tinha alguns objetos bonitos que vendemos. Vamos primeiro desocupá-la. Levaremos o sofá, que está muito velho, para o canto da sala, temos também de tirar as mesinhas. Na salinha têm de caber nossas duas camas.

— Aquele móvel comprido é muito pesado, deve ficar lá, e, nele, guardaremos nossas roupas. Vamos fazer isto agora? — perguntou Noeli.

As duas, mãe e filha, entraram na salinha, cuja porta dava para a sala. Na entrada da casa, tinha um *hall* que, naquele momento, não tinha nada, porque as duas peças de mobiliário existentes, uma chapeleira e uma mesinha toda trabalhada de marchetaria, haviam sido vendidas. Do *hall*, ia-se para uma sala grande, que também estava quase vazia, Noeli já tinha vendido as mobílias que estavam melhores e que eram bonitas. Na sala, havia muitas portas: a do escritório/biblioteca, ela nunca ficou sabendo como aquele cômodo era realmente chamado; outra porta era a da saleta íntima, que fora usada para receber visitas particulares; um arco separava as salas de estar e de jantar; e depois vinha a cozinha. Na sala também estava a escada que levava ao andar superior, onde estavam os quartos e dois banheiros.

Levaram o sofá, que estava carunchado, como muitas peças de madeira na casa, e o deixaram num canto da sala. Tiraram duas cadeiras que, de tão velhas, não poderiam mais ser usadas.

— Mamãe, vamos usá-las como lenha?

— É o melhor a fazer. Esta cadeira não aguenta nem você, que é magrinha. Era nesta cadeira que dona Eleodora gostava de se sentar. Uma vez vim servir o chá, e ela estava aqui em frente à janela bordando.

— Ela era bonita? No retrato, não era muito — Noeli quis saber.

— Talvez não fosse bonita como a mãe dela nem tão elegante. Estava sempre sozinha. Depois que a mãe faleceu, ficaram ela e o filho; depois ele foi estudar em outra cidade, e dona Eleodora ficou muito solitária.

Embora trabalhando aqui, via-a muito pouco. Às vezes ficava olhando-a quando saía para ir à missa no domingo, vestia nestas ocasiões sempre roupas pretas. Não tinha muitas amizades.

— Morreu de quê? — perguntou a filha.

— Ficou doente, vomitava muito, quando morreu estava muito magra. Você se lembra dela?

— Lembro-me de poucas coisas daquele tempo. Recordo-me de uma vez ver o senhor Pietro me olhando. Nem sei como lembro, tinha quatro anos.

Por instantes ficaram caladas, depois Noeli perguntou, mudando de assunto:

— Mamãe, a senhora sente saudades de meu pai?

— Como?

— Do meu pai?

— Já se passaram tantos anos... — respondeu Violeta.

"Pois eu não me esqueço de Antero", pensou a filha. "Não consegui sentir raiva ou rancor dele. Prefiro pensar que ele me deu atenção e foi gentil. Com certeza ele nem se lembra de mim. Não faz mal, eu me lembro dele. É um amor que escondo no fundo da gaveta de minha mente. Nem mamãe sabe. É um segredo meu, somente meu."

— Vamos limpar esses móveis para colocarmos nossas roupas dentro. Como será que se chama esta peça? — perguntou Violeta.

Noeli teve uma visão. A mulher, ou ela mesma, como sentia que fosse, muito bem vestida, cabelos bem penteados num coque, se abaixou para pegar algo dentro do móvel. Seus brincos compridos vieram ao rosto e escutou: "Onde será que está aquela caixa? Estará aqui no balcão?". A visão sumiu.

— É balcão! — exclamou Noeli.

— O que disse? — a mãe não entendeu.

— Esta peça se chama "balcão". Passe-me o pano, vou limpá-la.

Noeli sempre tinha visões, duas a quatro por mês. A maioria delas era com a mulher, a Noellii, e, quando isso ocorria, sentia como se fosse ela. Não conseguia entender suas visões. Quando via espíritos, era mais fácil, porém mais raro: via a avó e outros, alguns acompanhavam as freguesas.

A filha pegou o pano molhado. A mãe suspirou. Noeli parou e a olhou, sabia que, quando a mãe suspirava, era porque se lembrava do passado e ia falar de algo que recordou. Como ela gostava de escutá-la, esperou, olhando-a.

— Acho que todos os moradores deste solar foram pessoas que se sentiram sós.

— Será que mesmo os primeiros moradores se sentiam sozinhos?

— Dona Noellii — contou Violeta — veio de outro país somente com uma tia, que deve ter arrumado, assim que foi possível, um marido para ela. O senhor Tomás era velho e feio.

"De fato", pensou Noeli, "isso ocorreu, a tia arrumou um casamento para ela, ou casava ou ia trabalhar de babá".

— A senhora Noellii casou-se sem amar o marido! — exclamou Noeli.

— Às vezes penso que você sabe muito sobre as vidas dos antigos moradores — falou Violeta.

— Não se esqueça, mamãe, de minhas visões. Concluí somente que o casamento do senhor Tomás e da senhora Noellii não foi por amor, pelo menos não da parte dela. Coitada!

— O senhor Tomás construiu esta casa como a jovem esposa queria — continuou Violeta contando. — Mobiliou-a e vieram residir aqui. Ele, mais velho, não gostava de viajar nem de festas. Separou-se da família, tinha amizade somente com um sobrinho que os visitava muito e que todos diziam ser amante da senhora do solar. O senhor Tomás tinha fazendas com gado e culturas diversas, viviam no luxo, mas penso que isolados.

— Ele tinha muito ciúme da jovem esposa — interrompeu Noeli. — Sinto isto. Ela tinha poucos amigos.

— Tiveram somente uma filha, dona Eleodora, e a criaram como princesa. O senhor Tomás amava muito a filha. Nesta residência, sempre teve horta com muitas ervas, e eram algumas dessas ervas que a senhora Noellii usava para fazer chás abortivos.

— Será que sempre dava resultado? — perguntou Noeli.

— Não sei. Talvez, se não desse, ela usasse outros métodos. Ela não quis ter mais filhos. Quando eu descobri minha gravidez, estava de quase quatro meses. Sei disto porque, depois de cinco meses, você nasceu. Dona Eleodora aconselhou sua avó Maria a fazer os chás e me dar. Conversamos (seu avô, minha mãe e eu) e escolhemos por não matar a criança na minha barriga. Sua avó Maria usou o termo "matar"; para ela, aborto era assassinato.

— E, para a senhora, não é? — perguntou Noeli.

— Se é um ser vivo, então, ao abortar, mata-o. O importante é que tive você, que foi o presente mais precioso que recebi, que Deus me deu. Voltemos ao assunto da solidão. Penso que o senhor Tomás deveria se sentir solitário, brigado com sua família, tendo uma esposa que não o entendia. A senhora Noellii, jovem, morando aqui, afastada até da cidade, devia não gostar e, com certeza, devia sentir muita solidão, pois a filha, com dez anos, foi estudar num colégio interno, e foi na cidade em que estudava que conheceu o senhor Afonso. Não adiantou os pais serem contra, dona Eleodora casou-se com ele.

— Que logo enjoou dessa vida monótona, talvez solitária, arrumou uma amante e ia fugir com ela, quando a senhora Noellii mandou matá-lo. Não sei por que não a sinto assassina.

— Meu pai contava que ele e outros empregados da casa viram a senhora dando ordens para um dos empregados e, naquele dia, o senhor Afonso morreu. E aí, mais solidão. O senhor Tomás ficou doente, sofreu muito e morreu. O sobrinho, o senhor João Luiz, passou a vir mais a esta casa. Todos pensavam que a senhora do solar se casaria com ele. Então, aconteceu o acidente, ele caiu da escada e faleceu. Ficaram então as duas, mãe e filha, viúvas aqui com o menino. A senhora Noellii faleceu, e dona Eleodora não administrava bem o que havia herdado. Nas fazendas, as culturas foram escasseando; o gado, diminuindo; e dizem que, para o senhor Pietro estudar, ela foi vendendo terras. Morreu sozinha em seu quarto. Como demorou para se levantar, Didinha, uma empregada, foi chamá-la e a encontrou morta. Morreu durante a noite.

— Aí — Noeli interrompeu novamente —, o senhor Pietro, que era também esquisito, veio para cá, porque estava na capital e ninguém sabia o que ele fazia. Vendeu todas as terras, ficou somente com esta casa, se organizou e foi para a Índia, não é?

— Eu sempre achei o senhor Pietro diferente. Às vezes ele gritava dormindo, dizia que alguém o perseguia.

— Alma do outro mundo? — Noeli quis saber.

— Não sei. Acho que ele tinha visões de mortos.

— Como eu?

— Penso que era pior, porque ele via espíritos maus. Uma vez mamãe escutou uma conversa dele com a mãe, em que se queixava ver o avô e o pai brigando. Dizia sofrer com essas visões e não queria ficar no solar. Lembro-me de quando o senhor Pietro se despediu; estava com roupa de viagem, pegou na mão dos três empregados e disse: "Tomem conta de tudo. Adeus!".

— O que será que ele foi fazer na Índia? — perguntou a filha.

— Meu pai nos contou que o ouviu dizer que ia "se encontrar". Vamos voltar ao trabalho. Limpe logo esse móvel — pediu Violeta.

Noeli começou a limpá-lo. Ele estava vazio. Antes, havia nele algumas garrafas de bebida que jogaram fora, bem como taças, copos e xícaras que foram vendidas.

— É grande este móvel, caberão todas as nossas roupas, que são poucas — falou a filha.

— Ficaremos bem acomodadas aqui, este cômodo é menor, mas não tem goteiras.

Ambas usavam muitas calças compridas e largas, às vezes Noeli usava saias longas, preferiam cores discretas, mas, como ganhavam a maioria das roupas, usavam as que tinham.

— Aqui está parecendo ser oco, escute o barulho — falou Noeli.

— De fato, está parecendo oco mesmo.

Noeli bateu na madeira e observou o fundo do balcão do lado direito.

— Mamãe! Aqui tem um fundo falso.

Puxou a madeira com força, e ela se soltou. Pegou o que tinha dentro.

— Veja, mamãe, duas folhas de papel, parecem ser cartas, uma pulseira e um par de brincos.

Noeli levantou-se e foi para perto da janela, onde tinha mais claridade.

— Estas joias parecem ser de prata. São peças bonitas. Vou vendê-las. A empregada de dona Pérola afirmou que ela estará na cidade esse final de semana.

— Será que podemos vender? Deve ter pertencido à senhora Noellii ou à dona Eleodora — falou Violeta.

A filha examinou-as, os brincos eram compridos, peças trabalhadas, como a pulseira.

— Não pertenciam à senhora Noellii. Com certeza ela não usaria joias tão simples. Sinto que não eram dela. Penso que nunca vi isto. Vou lavá-las bem, com certeza ficarão com melhor aspecto.

— No momento, não estamos precisando de nada importante. O dinheiro desvaloriza rápido. Não é melhor guardá-las?

— Mamãe, a senhora sabe que dona Pérola tem vindo muito pouco à cidade. Tenho de aproveitar quando ela vem. Vendo, pego o dinheiro e compro o que der para guardar: roupas e alimentos que não estraguem...

açúcar, sal, óleo... Vou ler as cartas... São duas e ambas para dona Eleodora... A primeira é do marido, quando eles namoravam, o senhor Afonso escreveu jurando amor eterno. Falso! Porque anos depois de ter se casado a traiu e ia embora com a outra. Foi ele quem deu a ela este presente, estas joias. Com certeza, dona Eleodora guardou isto depois da traição e esqueceu. Vou ler a outra carta... Mãe! É do senhor João Luiz. Nossa! Ele escreveu que a amava e que desejava se casar com ela. Grafou saber existir um empecilho forte. Confessou que tinha sido seduzido por uma mulher e que até pensou amá-la, que havia sido um envolvimento errado, do qual muito se arrependeu. Implorou para que Eleodora pensasse muito em tudo e lhe desse a chance de provar o tanto que ele a amava e pensava nela o tempo todo.

— Todos sabiam — comentou Violeta —, até os empregados, que a senhora do solar tinha amantes e que o senhor João Luiz era o seu preferido. Penso que ela, quando enviuvou, planejou se casar com o sobrinho do marido.

— E aí ele quis se casar com a filha, herdeira da fortuna do senhor Tomás.

— Talvez o senhor João Luiz amasse mesmo dona Eleodora — comentou a mãe.

— Amava nada! — Noeli foi enérgica na sua afirmação. — Ele amava era o dinheiro! Nunca trabalhou, era um aventureiro. Viu, na ingenuidade de uma viúva abandonada pelo marido, uma maneira de continuar sua vida boa, sem trabalhar. Mereceu morrer!

— Noeli! Filha!

A moça calou-se, olhou para a mãe, que se assustara.

— Não foi nada, mamãe! Isto veio na minha cabeça e falei. Não se assuste! Não tenho nada com isto. Vamos queimar estas cartas. Não mudaremos de quarto amanhã. Primeiro, vamos procurar em todos os móveis para ver se encontramos mais alguma coisa escondida para podermos vender.

Limparam bem a salinha e a deixaram pronta para a mudança. Depois, subiram ao sótão.

— Aqui não tem mais nada. Penso que, se tivesse de esconder algo aqui, seria nas paredes — comentou Violeta.

Foram cômodo por cômodo. Violeta foi para a horta, e Noeli foi ao quarto que a senhora Noellii ocupou. Procurou detalhadamente. O roupeiro estava vazio, como todas as peças que haviam restado. Ela foi passando a mão, batendo, tirou as gavetas e encontrou um vão. Enfiou a mão e pegou o que estava dentro: cartas e um broche, uma joia linda, ornada de pedras vermelhas e verdes.

— Isto aqui deve valer muito! — exclamou.

Leu os papéis, eram duas cartas e um bilhete. Reconheceu a letra de uma das cartas e do bilhete, que não estavam assinados, como sendo do senhor João Luiz. O bilhete dizia somente: "Não esqueça do remédio do tio Tomás. Venha ao meu quarto esta noite, senão morro de saudades".

– Lembro! – exclamou Noeli baixinho. – A senhora dava ao marido chás de plantas que o faziam dormir, ela saía do quarto e ia passar a noite no de hóspede.

Leu as cartas. A de João Luiz falava de amor e lhe pedia dinheiro.

– Com certeza ela dava! – lamentou Noeli.

A outra carta era de um tal Feliciano e, pelo que leu, ele amava muito a dona do solar.

– Esse deve ter sido outro amante. Porém, ela devia amar mesmo era o senhor João Luiz. Vou queimar estes papéis e guardar o broche.

Mostrou somente a joia para a mãe.

– No andar superior não deve ter mais nada, se não teria encontrado. Vou guardar o broche e vender somente a pulseira e o brinco. Na semana que vem, vou procurar na parte debaixo. Tenho somente guardado um vaso de cristal e, se encontrar mais alguma coisa, é garantia para o futuro. Este quadro! Estou com vontade de abri-lo.

Havia dois quadros na sala de estar.

– Este é o menor! – comentou Violeta. – É a pintura do solar, somente um pouco diferente. Penso que o local foi descrito para o pintor, que não veio aqui.

Tiraram o quadro da parede e ficou a marca.

— Como a pintura numa casa faz diferença! A pintura está desbotada e feia! — lamentou a filha.

Pegou o quadro e o examinou.

"Vou vender estes quadros", pensou Noeli determinada. "Quando terminar tudo o que tenho para vender, levarei estes para dona Pérola. Talvez não valham muito, mas dará para comprar comida."

Passando as mãos por trás da tela, ela percebeu que havia sido colado outro papel no fundo e que, bem no meio, havia um volume. A mãe protestou, não queria que a filha abrisse, mas ela rasgou o papel. O volume era de papéis dobrados, Noeli desdobrou com cuidado e leu o que estava escrito neles.

— Nossa! Meu Deus! — exclamou Noeli.

— O que foi, minha filha?

— Estes papéis foram do senhor Tomás. Neste, há contas. Aqui um recibo pelo que o antigo proprietário pagou pelo quadro. Nesta folha tem algo escrito, penso que pelo senhor Tomás. Escute este trecho: "Pelo que Senoria me contou, João Luiz é meu filho. O filho homem que não tive com minha esposa. Não sei por que fui me relacionar com minha cunhada. Espero que ninguém saiba".

— Acho melhor não procurarmos mais. Quantos mistérios têm esta casa! — exclamou Violeta.

— Estou curiosa e vou procurar mais. Vou olhar agora atrás de todos os quadros. Ajude-me, mamãe, a tirar estes da parede.

Com os outros dois que estavam na sala foi fácil. Não encontraram nada. Com os que estavam na parede da escada foi mais difícil. Violeta segurou uma cadeira, a filha subiu e passou a mão atrás dos quadros. Estavam sujos, mas não encontraram mais nada.

— Vou queimar estes papéis — decidiu Noeli. — São segredos! Por isso que não foram felizes neste solar. Quantas confusões! O senhor Tomás casou mais velho, teve um caso amoroso com a cunhada quando jovem e pensava que o senhor João Luiz era filho dele, por isso o aceitava, o único parente, em sua casa. A esposa dele foi amante do enteado. Com a morte do senhor Tomás, o senhor João Luiz quis casar com a prima, que era, de fato, sua irmã. Se não tivesse morrido, com certeza teria se casado.

Ajeitou os quadros na parede.

"São muitos os segredos para esta casa velha!", pensou Noeli.

As duas voltaram à horta comentando o que descobriram.

— Mamãe, a senhora sabia do que descobrimos?

— Eu? Não sabia. Nunca escutei nenhum comentário sobre este assunto. Você parece saber mais do que eu. Alguma visão lhe contou?

— Não contou. Nunca vi o senhor Tomás nem o seu sobrinho. Vejo sempre vovó Maria, alguns dos antigos empregados, já vi dona Eleodora chorando pela casa. Já perguntei a ela por que chorava, não me respondeu e desapareceu. Vi também o senhor Pietro aquela vez que me autorizou a vender tudo o que quisesse, pelo menos penso que foi isto o que ele quis dizer. O que mais vejo sou eu como a senhora Noellii. Não me repreenda, mamãe, a senhora não entende. Confesso que nem eu compreendo. Mas é o que sinto. A senhora do solar fica tão perto de mim que penso ser ela e que ela sou eu. Tenho lances da antiga proprietária descendo a escada toda elegante com sapatos luxuosos, segurando o vestido, andava ereta, cabeça erguida, cabelos sempre bem penteados, usava joias, batom nos lábios. Vejo-a também em frente ao espelho, se arrumando e, às vezes, sentada à mesa esperando a refeição. Não comia muito para não engordar. Agora eu não como muito porque não tenho o que comer. Quanto mistério! Falam que eu sou estranha, mas é a vida que é estranha!

4º capítulo: Violeta parte

Na horta, logo escutaram Nalva gritar por Violeta, que foi atendê-la.

— Quero alface e duas dúzias de ovos. Não trouxe nada para trocar, vou pagar. E sua *fia*, onde está?

— Na horta.

Nalva queria dizer "sua *filha*". Abreviava e, como as outras freguesas, para não chamar Noeli de Estranha, começou a perguntar dela a Violeta como "sua filha" ou "*su fia*", até que ficou Sofia, que era um nome comum naquela localidade. E, assim, Noeli passou a ser, além de Estranha, Sofia.

— Antes Sofia que Estranha — comentou Noeli. — Sofia quer dizer "sabedoria". A filha de dona Nalva, que estuda filosofia, me disse que Sofia significa "sabedoria". Gostaria de ser sábia, de ter muitos conhecimentos.

— Você não deve se importar, Sofia é também um nome bonito — aconselhou a mãe.

No outro dia, Noeli foi ao escritório e procurou em todos os lugares, não encontrou nada escondido. Cansou-se bastante porque tirou até os livros de lugar e aproveitou para limpar tudo. À noite, entrou no quarto e olhou as bonecas: eram duas, que pertenceram a Eleodora, encontraram-nas num baú no sótão. A mãe queria doá-las para crianças pobres, mas a filha não deixou: "São para enfeitar", argumentou. Violeta lavou as roupas das bonecas, ajeitou-as, e elas ficavam no quarto: durante o dia, em cima da cama de Noeli; à noite, ela as colocava numa cadeira. Gostava delas. Quando a mãe não estava, a filha pegava-as como se fossem um bebê.

"Queria tanto ter tido um filho! Alguém para me chamar de 'mãe'. Pensei até em adotar. Mas quem iria dar um filho para mim? Somos pobres, mamãe já está idosa, e eu, com esta perna doente, tenho andado cada vez com mais dificuldade, tenho sentido muitas dores no pé, tornozelo e nas costas. Às vezes fica difícil levantar da cama. Vou comprar dois colchões novos com o dinheiro que receberei de dona Pérola. Tomara que ela compre as joias."

Colocou as bonecas no lugar.

No outro dia, às dez horas, foi à casa de Pérola levando a pulseira e os brincos. Ao passar pela praça, olhou o banco e sentiu saudades.

"Talvez eu devesse ter ido ao encontro mesmo sabendo ter sido uma aposta", pensou ela. "Teria mais coisas para me recordar. Não sei explicar como eu amei e ainda quero bem a Antero. Talvez tenha me iludido por ser tão sozinha. Não sei dele, deve ter se formado, casado e nem se lembra mais desta cidade. Não faz mal, eu me lembro dele."

Continuou o caminho. Esperou um pouco por Pérola na sala, e a empregada lhe serviu café com bolo. Quando a dona da casa veio vê-la, ela tinha comido todo o bolo. Após os cumprimentos, Pérola examinou a pulseira e os brincos.

— São antigos, mas prata não vale muito.

— Pensei que obteria mais dinheiro. Queria comprar dois colchões, o que mamãe e eu dormimos estão ruins.

— Sendo assim, vou lhe pagar mais do que valem — determinou a compradora.

Pérola olhou disfarçadamente para Noeli e pensou:

"Ela aparenta ter mais idade do que tem. A vida dessa mulher não é fácil. Já ganhei dinheiro com as peças que adquiri dela. Vou pagar mais."

— Você ainda tem mais coisas que possam me interessar? — Quis Pérola saber. — Pergunto isto porque tenho vindo pouco aqui, talvez não volte mais este ano. Meu marido está doente, e meus filhos não querem mais vir para esta cidade.

— Tenho poucas coisas: um broche, um vaso de cristal e os quadros.

— Se quiser trazê-los, compro-os.

— Não sei. É que o dinheiro, com esta inflação, logo perde o valor — explicou Noeli.

— Você pode comprar coisas e guardá-las. Como os colchões, agasalhos, alimentos não perecíveis, mandar fazer botas para você.

As duas olharam para baixo, para as botas de Noeli. Estavam velhas e gastas. Era um sapateiro, que já estava idoso, quem fazia as botas para ela. A do pé torto, o calçado era menor e com o salto maior. Um pé completamente diferente do outro.

"Talvez dona Pérola tenha razão", pensou a filha de Violeta. "Vou vender o vaso, o broche e fazer o que ela me aconselhou. Se ela não comprar mais, para quem irei vender?"

— Posso trazer para a senhora à tarde?

— Às quinze horas, está bem? Vou pagar agora por estas joias, à tarde combinaremos o preço das outras peças. Leve estas sacolas.

— Obrigada!

Carregando as três sacolas, Noeli foi embora. Ao passar pela praça, o padre chamou-a.

— Nolma! Noelza! Moça, por favor, posso conversar com você?

Noeli sorriu, até o padre Ambrózio confundia seu nome. Conhecia-o de vista.

— Como vai, Padre Ambrózio?

— Estou bem. Entre comigo na igreja — pediu o sacerdote.

Ela acompanhou-o. Entraram e se sentaram num banco. Noeli olhou a igreja. Sempre a achara linda: os vitrais coloridos, os bancos de madeira, o altar com as imagens dos santos... Entrara ali poucas vezes, e a maioria destas vezes fora quando menina e ainda estudava. Fazia tempo que não ia à igreja. O padre esperou que ela olhasse tudo, depois perguntou:

— Não é linda a casa de Deus?

— Casa de Deus?

— Sim, a igreja é a casa de Deus — respondeu o sacerdote.

— Ele, Deus, mora somente aqui?

— Em todas as igrejas.

— E o resto? O universo? Na casa das pessoas? — perguntou Noeli.

— Bem, talvez Ele visite esses lugares.

— Hum...

— Não acredita? — indagou o padre.

— Penso que Deus está em todos os lugares.

— Está também, penso que Deus está em toda parte — concordou padre Ambrózio e mudou de assunto.

— Chamei-a aqui porque não vejo você nem sua mãe na igreja. Vocês duas são católicas?

— Somos, sim. Fui batizada nesta igreja, meus avós foram meus padrinhos. Mamãe e eu oramos muito. No domingo, rezamos um terço. Não vamos à missa porque domingo pela manhã ficamos atarefadas na horta.

Duas mulheres entraram na igreja, olharam para os dois e não esconderam a surpresa. O padre as cumprimentou, e elas ajoelharam perto deles, talvez para escutar a conversa.

— Padre Ambrózio, talvez agora entenda o porquê de não vir à igreja. As fiéis não prestariam atenção à missa.

O sacerdote compreendeu, sorriu e falou:

— Elas se acostumariam.

— Isso não precisaria acontecer, afinal não sou verde. Não sei por que chamo tanto a atenção das pessoas — Noeli suspirou.

O padre sorriu novamente e falou baixinho para as duas mulheres não escutarem.

— Está bem. Porém, se precisar de mim, venha me procurar. Se puder, eu a ajudarei.

Noeli sentiu vontade de dar esmola para a igreja, porém pensou:

"Deus, estou, no momento, pobre. Desculpe-me se não dou nada para sua casa, prefiro dar para dona

Cida, que passa até fome. Às vezes, mamãe e eu passamos também."

— Agradeço, Padre Ambrózio — e, abaixando a voz também, falou — Se precisar, pedirei, sim. Já vou indo. Obrigada!

Levantou, pegou as sacolas e saiu da igreja. Não se despediu, não quis beijar a mão do sacerdote. Foi para casa. A mãe esperava-a para almoçar. Enquanto se alimentava, Noeli contou tudo o que acontecera.

— Penso que não é pecado não irmos à missa — falou Violeta.

— Claro que não, mamãe. Não assistir atos externos não é errado. Dona Ângela entrou na igreja e fingiu não me conhecer, cumprimentou somente o padre. Ela vai muito à igreja e é tão fofoqueira! Aposto que logo virá aqui para saber o que o padre conversou comigo. Se isto acontecer, finja que não sabe.

Violeta concordou. Abriram as sacolas, guardaram as coisas que Pérola lhes dera: eram algumas roupas; toalhas de banho velhas, mas boas; e alguns alimentos prontos, pães, bolos, bolachas e doces.

Minutos depois, escutaram Ângela chamá-las.

— Violeta! Sofia!

A mãe foi atendê-la.

— Quero somente uma dúzia de ovos. E Sofia? Ainda não chegou? Eu a vi na igreja conversando com o padre Ambrózio. Ela lhe contou o que falaram?

— Não, nem sabia que minha filha tinha ido à igreja. O que tem de mais ir à igreja? Lá não é público? Se a viu lá, é porque estava também na igreja.

— Ah, sim! Vou muito orar na igreja. É que fiquei curiosa, não as vejo por lá.

Noeli resolveu falar com a vizinha. Conhecendo--a, sabia que Ângela não iria embora até saber o que acontecera para depois contar a todos.

— Dona Ângela — disse a filha de Violeta —, fui à igreja porque o padre Ambrózio, ao me ver passar pela praça, me chamou para entrar e somente convidou a mim e à mamãe para irmos às missas. Respondi a ele que no horário das missas estamos trabalhando na horta. Foi somente isto. Já pagou os ovos? Vamos, mamãe, entrar, temos muito o que fazer.

— O que você fazia na praça naquele horário? — Perguntou Ângela.

— O que se faz na praça? Passeia-se! A senhora não passa por ela? Boa tarde, dona Ângela!

Noeli respondeu, puxou a mãe pela mão, e entraram. Ângela, então, teve de ir embora.

— Mamãe, vou voltar à casa de dona Pérola às quinze horas. Vou levar o vaso e o broche.

— É tudo o que nos resta.

— Dona Pérola disse que virá cada vez menos à cidade. Vou vender e comprar colchões bons para nós, travesseiros, tela nova para o galinheiro e, para o dinheiro não desvalorizar, vou gastar o resto em milho para as galinhas, sementes e comida para nós. Se mais para frente precisarmos de dinheiro, venderei os quadros e os móveis do escritório/biblioteca, são os únicos que estão bons.

— Antes — opinou Violeta — não achava certo você vender esses objetos, agora penso que sim, porque, se o único herdeiro não voltou até hoje, é porque, de fato, deve ter morrido e, se você teve uma visão dele, e o senhor Pietro lhe deu os objetos, então são seus. Se não os vendesse, passaríamos por mais necessidades, e estes objetos se deteriorariam.

Noeli ficou ajudando a mãe até o horário de ir à casa de Pérola. Embrulhou o vaso numa toalha e colocou o broche no bolso.

Pérola ficou admirada com o vaso, mas gostou mesmo foi do broche e pagou bem por eles. Noeli ficou contente, nunca antes vira tanto dinheiro.

— Mande fazer outra bota — aconselhou Pérola. — Penso que você deveria fazer três. O sapateiro, o senhor José, está velho; se ele morrer, talvez você não encontre outro que as faça como devem ser feitas e que não cobre caro.

Noeli agradeceu e foi para casa. As duas, mãe e filha, fizeram, no sábado à noite e no domingo, planos de como gastar o dinheiro.

Na segunda-feira, Noeli foi logo cedo ao sapateiro, encomendou três pares de bota e as pagou.

"Terei botas por muitos anos", pensou contente.

Depois foi para uma loja de móveis, comprou dois colchões novos e travesseiros. Em seguida, foi a uma loja de roupas e comprou algumas. Depois, foi ao armazém do senhor Gilson e adquiriu telas para o galinheiro, sacos de milho e alimentos. Chegou em casa faminta, a mãe já tinha almoçado.

— Mamãe, logo o senhor Gilson mandará as coisas que comprei, vou guardá-las naquele canto na sala. É o melhor lugar, não chove e não é úmido.

Entregaram os colchões, dois rapazes os deixaram na sala, e elas trocaram os velhos pelos novos.

— Vou dar esses que usávamos para Cida — disse Violeta.

— Mamãe, pergunte primeiro se ela quer.

— Para quem dorme no chão, em cima de palha, gostará destes.

— Quando pensamos — concluiu a filha — que estamos na pior, existem pessoas em situação pior do que a da gente. Faça como quiser.

Logo após, receberam do senhor Gilson o que fora comprado.

— Mamãe, sobrou somente este dinheiro.

— Vou comprar alguns lençóis, guardaremos o resto.

As duas já não estavam aguentando trabalhar na horta. Violeta se sentia cansada e Noeli se queixava de dores, eram no pé e nas costas. Decidiram investir mais nas galinhas.

— Vamos orar mais esta noite — decidiu Violeta. — Está tão gostosa esta cama cheirando a novo. É a primeira vez que durmo com colchão e travesseiro novos, que não foram de outra pessoa.

Oraram.

Dois meses se passaram. Violeta estava falando muito em mortes. Contava à filha da morte dos pais, dos senhores do solar e das de alguns conhecidos.

— No enterro da senhora Noellii havia muitas pessoas e flores. O senhor Pietro era menino e chorou muito. Dona Eleodora vestiu-se de preto, ficou séria, mas não chorou. Sei que cada um reage de um modo. Quando eu morrer...

— Por favor, mamãe — Noeli interrompeu —, não fale isto!

— Filha, a morte é para todos. Talvez você morra primeiro que eu; se isto acontecer, vou orar por você e não quero chorar muito.

— Já sei, para não molhar minhas asas e impedir que voe até o céu.

— Minha mãe, sua avó Maria, era quem dizia isto, falava que o choro não deixa o defunto ter sossego.

— Mamãe, será mesmo verdade que dona Eleodora gargalhou quando voltou do enterro da mãe?

— Existem pessoas que riem de nervoso. Mas talvez ela tenha se sentido aliviada. Penso que a senhora do solar, por ser linda, ofuscava a filha, e creio que dona Eleodora não tenha recebido amor de mãe. Ela deve ter ficado magoada com a mãe por não tê-la deixado se casar com o senhor João Luiz. Mas, voltando o assunto, claro que, se você morrer primeiro que eu, vou sentir muito a sua falta. E você, se for eu a falecer antes, sentirá também. Porém, quero muito que se esforce para ficar o melhor possível. Vai se alimentar direitinho, rezar e me mandar beijos.

Violeta, sempre que tinha oportunidade, falava sobre a separação que ocorreria se ela falecesse. Preocupava-se muito com a filha sozinha e pedia a Deus para levá-la primeiro, prometeu que, se isto ocorresse, não choraria ou se lamentaria.

Numa noite, de madrugada, Violeta sentiu-se mal e acordou a filha, que levantou assustada e acendeu outra vela.

— O que a senhora tem? O que está sentindo?

— Dor no peito e falta de ar — respondeu a mãe ofegante.

— Vou pedir ajuda ao senhor Danilo.

— Não! Fique comigo. Quero lhe falar. É sobre seu pai. — Violeta segurou a mão da filha e falou devagar.

— Ferdinando não é seu pai. Naquela época, olhávamo--nos somente, não namorávamos. Eu... fui estuprada.

Noeli, admirada, ficou olhando a mãe. Violeta fez uma pausa e continuou falando:

— Ia muito, quando criança e jovem, naquele canto à esquerda, no fundo do quintal. Meu pai tinha feito, na mangueira, um balanço, e meus irmãos e eu íamos lá brincar e balançar. Estava lá sozinha, era de tardezinha, quando fui atacada, o homem estava com o rosto tampado. Foi um horror! Não foi Ferdinando porque ele estava viajando e morreu naquele dia, estava longe daqui. Contei à mamãe porque voltei para casa suja, com as roupas rasgadas e machucada. Não conseguimos esconder de papai. Infelizmente, naquele tempo era pior, a mulher era culpada por sofrer a violência. Diriam que eu me vestia inadequadamente e que não era para estar nos fundos do quintal sozinha. Naquela época, meus irmãos já tinham ido embora. Mesmo mamãe rogando para que não fizesse isso, meu pai, com um facão, percorreu o quintal, a redondeza, e não encontrou ninguém suspeito. Resolvemos não comentar com ninguém o ocorrido. Quatro meses depois, descobri que estava grávida. Então papai contou à dona Eleodora, que falou somente: "Não quero que falem de estupro, não na minha casa. O melhor é dizer que o filho é de Ferdinando, que morreu. Se concordarem, podem continuar aqui, e até ajudarei". De fato, ela comprou roupas para mim e para o neném.

— Estupro?! Como a senhora deve ter sofrido!

— Foi, de fato, um período difícil! Mas você foi um presente que Deus me deu. Amo-a muito! Perdoe-me por não ter lhe contado. Seus avós e eu decidimos que contaríamos a você quando fosse adulta. Eles morreram, e eu não tive coragem.

Noeli viu sua avó Maria perto da cama. Fez um sinal brusco para a visão se afastar.

— Deixe minha mãe! — pediu Violeta.

— A senhora a está vendo? — perguntou Noeli.

— Sinto-a. Filha, não se esqueça do que me prometeu...

Violeta calou-se, estava muito ofegante. Noeli não sabia o que fazer: se ficava ali ou se ia pedir socorro, se ia até a casa do senhor Danilo rogar por auxílio.

— Como minha mãe, sua avó Maria veio ficar comigo nesta hora, e eu, como sua mãe, também poderei ficar com você — Violeta falava com mais dificuldade. — Prometa continuar vivendo! Prometa!

— Sim, mamãe, eu prometo!

— Amo você. Não se esqueça! Estou indo? Estou preparada. Vou!

Violeta fechou os olhos, a respiração estava muito difícil. Noeli estava como que petrificada, segurava as mãos de sua mãe e foi vendo ela serenar e sua respiração parar. Teve a visão de sua avó e mais dois vultos passarem as mãos sobre o corpo de sua mãe, então sua avó Maria pegou-a, e sua mãezinha se transformou em duas.[1] Maria acomodou a filha no colo como um bebê, sorriu para a neta e partiram. O quarto, que até aquele momento estava claro, com a partida das visões, ficou na penumbra. Noeli continuou parada, sem saber o que fazer.

— Meu Deus, me ajude! — rogou a filha de Violeta. — O que faço agora?

— *Arrume tudo e depois peça ajuda ao senhor Danilo* — escutou.

— Visão, por favor, me auxilie!

Com calma, isto porque recebia ajuda, Noeli pegou uma roupa, a que a sua genitora mais gostava e vestiu nela, arrumou-a, penteou os cabelos da mãe, depois se trocou. Viu que o sol nascia no horizonte. Saiu de casa, andando devagar, e foi pedir ajuda na casa de Danilo. Bateu palmas e gritou pelo vizinho, que, instantes depois, abriu a porta.

— Noelma! Sofia! Aconteceu alguma coisa?

— Senhor Danilo, mamãe morreu!

---

1. N. A. E.: Noeli presenciou o desligamento de sua mãe. Violeta teve o merecimento de, assim que seu corpo físico parou suas funções, receber auxílio de bons espíritos e de ser levada para um socorro. Pessoas boas normalmente têm um desencarne assim, recebendo reação de suas boas ações.

— O quê? Tem certeza? Aguarde um instante, vou trocar de roupa e vou ver isso.

Realmente, minutos depois, Danilo e Olga, sua esposa, foram com ela ao solar e a acompanharam ao quarto. Danilo, assim que viu Violeta, percebeu que a vizinha estava morta. Olga abraçou Noeli, esforçou-se e conseguiu falar:

— Sinto muito!

— Vou cuidar de tudo para você — disse Danilo. — Fiquem aqui, trarei o caixão. Sabe onde enterrá-la?

— Meus avós foram enterrados no cemitério local, num pequeno túmulo. Queria enterrá-la com eles.

Noeli chorou. O casal ficou parado, olhando-a. Ela enxugou as lágrimas.

— Vamos agora, logo voltaremos — disse a esposa de Danilo.

Olga sentiu medo, não quis ficar ali.

— Menina — falou Danilo, que preferiu chamá-la assim, carinhosamente, para não errar o nome dela —, enquanto vou tomar as providências, faça o que tiver de fazer. Talvez demore umas duas horas ou mais. O melhor é levar o corpo para a salinha do cemitério para ser velado. Volto assim que puder.

— O senhor é um anjo! — conseguiu Noeli exclamar.

O casal saiu, e ela resolveu fazer o que Danilo sugerira. Tratou das galinhas, deu bastante milho para elas, recolheu os ovos. Depois, acendeu o fogareiro, fez café, tomou e comeu um pedaço de pão. Arrumou-se. Colocou no bolso o dinheiro que tinha guardado.

"Talvez precise dele", pensou.

Ficou aguardando no quarto e orou, rogou a Deus para que sua mãezinha estivesse bem. Escutou chamarem-na e rapidamente abriu a porta. Era Olga com o médico.

— Sofia, vim com o doutor, ele tem de atestar a morte para podermos enterrá-la.

Os três entraram no quarto. O médico fez algumas perguntas, examinou o corpo de Violeta e constatou que, de fato, ela havia falecido. Assinou um papel, entregou a Olga e se despediu. Noeli os acompanhou até a porta. Minutos depois, um carro parou em frente à casa, e Noeli os atendeu, eram dois homens com Danilo, traziam o caixão. Neste momento, bateu um desespero na moradora do solar, eles levariam sua mãe.

— *Não! Não!* — a visão lhe falou. — *Corpo sem alma é como roupa velha, que desvestimos. Seja forte! Eles estão fazendo o trabalho deles. Todo trabalho merece respeito!*

Com calma, acompanhou os três homens ao quarto, e os dois, com cuidado, colocaram o corpo de Violeta no caixão.

— Podemos ir? — perguntou um dos homens a Danilo.

— Sim. Vamos, menina.

Colocaram o caixão atrás do veículo, fecharam a porta. Os quatro se acomodaram nos bancos do carro e partiram. Minutos depois, chegaram ao cemitério. Na frente, havia duas salas com pequenos bancos.[2]

Colocaram o caixão no meio da sala. Georgia, uma senhora que cultivava e vendia flores, entrou na sala.

– Dona Georgia, traga isto aqui de flores para mim, por favor – Noeli tirou o dinheiro do bolso e entregou à florista.

– Trarei as mais belas! – exclamou Georgia.

– Senhor Danilo – disse Noeli –, não tenho mais dinheiro, este que dei à dona Georgia era tudo o que tinha. Por favor, faça para mim a despesa do enterro; assim que puder, pago o senhor.

– Não precisa me pagar. Não precisa mesmo! Pude fazer e fiz. Receba como um presente.

– "Obrigada" é pouco para agradecê-lo. Talvez eu nunca possa pagá-lo, mas Deus pode. Muito obrigada!

---

2. N. A. E.: Não eram, naquele tempo e naquela localidade, chamadas de salas de velório. Nesse cemitério, havia duas salas de recepção que, em casos especiais, serviam de velório. Danilo, esse homem caridoso, resolveu que seria melhor para sua vizinha ter a mãe velada ali. Tempos depois, estas salas foram ampliadas e passaram, como em muitos lugares, os corpos sem vida, a ser velados nelas. É bom ter locais próprios para estes fins, para, com orações, preces de coração, auxiliar o desencarnado; e para os familiares ali reunidos serem consolados com carinho e amizade. Ao ir a um velório, devemos agir como gostaríamos que agissem conosco no velório de uma pessoa querida. Com certeza, no nosso, gostaríamos de ser respeitados, acalentados e receber votos de boa mudança.

Sentou-se ao lado do caixão. Logo, Georgia voltou à sala com muitas flores, enfeitaram o caixão e colocaram o restante em dois vasos. Noeli parecia alheia, algumas pessoas foram lá, cumprimentaram-na e oraram; ela somente agradecia e ficou olhando o tempo todo para o corpo sem vida da mãe. O padre Ambrózio foi dar a benção e consolou a filha.

— Menina! Sofia! Sua mãe foi para o céu!

Quando o sacerdote foi embora, Danilo puxou-a pela mão.

— Vá ao banheiro. Espero-a aqui!

Noeli obedeceu, foi ao banheiro, lavou o rosto e se sentiu melhor. Danilo levou-a a outra sala.

— Coma isto e tome este café! — ordenou Danilo.

Mesmo sem vontade, obedeceu. Sentiu-se melhor.

— Menina — avisou Danilo —, vamos enterrar sua mãe logo mais, daqui a duas horas, às quatorze. Isto porque está prevista uma tempestade. Está bem?

— Sim, senhor, obri...

— Não agradeça mais — interrompeu Danilo. — Vizinhos são para ajudar.

Noeli voltou para perto do caixão. O momento de se despedir chegou, beijou o rosto frio de sua mãezinha. Fecharam a urna mortuária, e doeu tanto que ela sentiu como se partisse o peito. Foram poucas pessoas ao velório e menos ainda acompanhar o caixão ao túmulo.

Ela viu fecharem o túmulo. Não queria acreditar que o corpo de sua mãe, que tanto amava, ficaria ali.

"Como a separação é dolorosa!", pensou.

— Pronto, menina, vamos embora antes da chuva — determinou Danilo.

Voltou para casa no carro do generoso vizinho, que a deixou no portão. Noeli entrou em casa, fechou a porta e chorou alto por minutos.

— Como será triste minha vida! Estou sozinha! — lamentou.

Depois, chorando, foi tratar das galinhas. Logo começou a trovejar, relâmpagos cruzavam o céu.

— Parece que o tempo, o céu, chora comigo!

Como previram, choveu muito.

— Não preciso aguar a horta, já tratei das galinhas. Vou ficar aqui na cozinha. Devo me acostumar com a solidão. Se mamãe estivesse aqui, iríamos jantar. A chuva está fina. A tempestade passou.

— Menina! Sofia!

Noeli escutou Danilo chamá-la. Correu para abrir a porta.

— Senhor Danilo, entre, não fique na chuva.

— Estou protegido com esta capa. Trouxe para você uma sopa. Olga fez o jantar mais cedo. Alimente-se, por favor!

— Não sei como...

— De nada. Fique bem, menina! Esforce-se! Tente! Boa noite!

Noeli ficou sozinha novamente. A sopa estava apetitosa, e ela se alimentou. Guardou o resto para o outro dia. Foi para o quarto.

— Amanhã vou pegar tudo o que era da mamãe que não servir para mim e levarei para dona Cida. Ela estava com o vestido rasgado no velório.

Pegou uma boneca e a enrolou como um neném.

— Será minha filhinha! A filha que não tive!

Sentindo-se cansada, deitou, orou e dormiu. A vida tinha que, deveria, continuar.

5º capítulo: Juntos novamente

Estava sendo muito difícil para a moradora do solar ter de fazer tudo sozinha. Concluiu que não daria conta. Naquela manhã, já havia parado cinco vezes de limpar o galinheiro para atender as freguesas.

— Trouxe para você, Sofia, o almoço pronto, carne com arroz — disse Nalva.

— Muito obrigada! Está muito cheiroso!

Naquele dia, fazia uma semana que Violeta mudara de plano. As vizinhas e freguesas estavam fazendo isto, traziam comida pronta. Noeli agradecia tanto pelo alimento como pelo carinho.

"Isto passa!", pensou ela suspirando. "Logo tudo voltará à rotina. Todas elas, vizinhas e freguesas, são boas pessoas, mas têm seus problemas, dificuldades no dia a dia. Esses agrados, infelizmente, irão escassear até acabarem. Eles sentem pena de mim, sabiam o tanto que mamãe e eu éramos unidas. Como sinto falta dela! Para lavar meus cabelos foi um sacrifício. Deixei tudo arrumado, as ervas por perto e fui virando a cabeça. Não dou conta sozinha!"

Pensou, enquanto almoçava, que a comida de Nalva estava muito saborosa.

"Definitivamente, não conseguirei fazer todo o trabalho. Então vou planejar o que farei. Somente limparei a parte da casa que uso: quarto, cozinha e banheiro. Uma vez por semana, limpo a sala, o escritório, a escada e varro a frente da casa. Vou parar com a horta, não plantarei mais, venderei as verduras que estão no canteiro até acabarem. A renda cairá, e talvez passe fome. Não há outra maneira. Como está sendo difícil minha vida sem a mamãe!"

Colocou em prática o que planejara. Não plantou mais, as sementes continuaram armazenadas e seriam, no futuro, alimentos para as galinhas. Aguava o que restava das hortaliças, atendia as freguesas, limpava a casa e se cansava tanto que não tinha ânimo para mais nada. Deixou no quarto as duas camas, deu somente as roupas de sua mãe que não serviram para ela.

"Com certeza não poderei comprar roupas, cobertores, nada. Devo economizar em tudo para me alimentar. Agora, vou lavar roupas. Se estava difícil com mamãe e eu trabalhando, ficou pior, muito pior."

E como a moradora do solar previra, as vizinhas pararam de trazer comida pronta. Com as verduras escasseando, buscavam ovos e frangos.

"Que vida solitária, converso tão pouco. Tenho de comprar alguns alimentos e tenho de ir no horário que as freguesas não costumam vir, das doze às quatorze horas. Tenho pouco dinheiro, vou comprar o essencial."

Três meses se passaram desde que Noeli ficara órfã. E, como prometera à mãe, evitava chorar, lamentar e tentava se cuidar. À noite era pior, fechava a casa e ficava na cozinha lendo, mas não conseguia se concentrar na leitura. Há tempos ela usava a lupa para ler, seus olhos não enxergavam como antes. Estava sempre cansada, e seu tornozelo doía muito. Ia mais cedo para o quarto, orava e não conseguia ficar sem chorar. Consolava-se com as bonecas. Naquela noite, pegou-as e abraçou-as. Teve uma visão. Estava ali mesmo no quarto, mas viu a Senhora do Solar na antiga sala íntima. "Não quero ter mais filhos!", reclamava a visão baixinho. "Não! Chega a chata de Eleodora, que é feia como o pai. Quero continuar bonita para eles, para ele, ter o corpo escultural. Filhos incomodam! Choram e querem a mãe. Um horror! Filho, nunca mais! Vou abortar mais este. Não quero!" Noeli assustou-se tanto que deixou uma boneca cair no chão. Rápida, pegou-a novamente.

"Então é isto", pensou. "A senhora Noellii não gostava da filha e não queria ter mais filhos. E eu, que quero tanto ter filhos, não tenho nenhum. O que a senhora do solar tem a ver comigo? Estou morando aqui agora, na casa arruinada, passando necessidades e sozinha. Que destino é este? Por que isto tudo? Não compreendo, mas sinto, quando tenho estas visões, ser eu a antiga proprietária desta casa. Como pode? É melhor tentar dormir, esta visão foi muito triste, deprimente. Eu nunca faria um aborto, nem se tivesse sido estuprada como mamãe foi. Quem será meu pai? Teria ele ficado sabendo que, pelo seu ato maldoso, eu nasci? O melhor é perdoá-lo. Pai não me fez falta."

Cinco meses se passaram desde que a mãe partira, ela contava os dias. Não foi mais ao cemitério, pois tinha certeza de que sua mãezinha não estava lá. Sua vida estava muito monótona. Como tinha pouca verdura, as freguesas estavam vindo menos.

"Ainda bem que o senhor Danilo não quis que eu lhe pagasse. Não teria como."

Naquela noite, foi se deitar mais cedo, seu corpo exausto pedia descanso. Acendeu a vela cujo combustível era óleo e a colocou, como sempre fazia, em cima do balcão, isto porque a antiga sala não recebia claridade, era muito escura. Costumava trancar a porta.

Acordou com um barulho. Levantou-se aflita e ficou atenta. Escutou novamente. Batiam na porta de entrada. Colocou um agasalho, abriu a porta do quarto, pegou a vela e, devagar, foi à sala e se aproximou da janela que dava para a área em frente à porta. Viu um vulto caído perto da porta. Escutou gemidos. Por momentos, não sabia o que fazer. Respirou fundo e perguntou:

— Quem é? Quem está aí?

— Ajude-me! Estou ferido!

Ela escutou uma voz masculina.

"O que faço? Não tem aqui nenhuma visão para me ajudar? Nada! Não sinto nada! Será verdade? Deve ser."

Olhou de novo e pareceu ter visto sangue.

"Faça ao outro o que gostaria que lhe fizesse. Vou abrir, e que Deus me proteja", pensou determinada.

Noeli abriu a porta segurando o castiçal com a vela acesa. Deparou-se com um homem caído. Observou-o, era jovem ainda, talvez uns vinte e cinco anos, vestia roupas simples e um casaco parecendo novo e bom.

— Ajude-me, senhora do solar!

Ela passou a vela sobre ele para iluminar e vê-lo melhor. O homem estava deitado de costas, havia sangue em suas roupas. Assustada, viu uma faca enfiada no seu abdômen.

— Não se assuste! Por favor! Estou ferido! — suplicou o homem.

— O que faço? — perguntou a moradora da casa com muito medo.

— Estou sozinho. Vou morrer. Fique comigo. Deixe-me vê-la. Está diferente.

— Quem é você? Por que está aqui?

— Estou achando que vim morrer aqui. Não sei. Nesta vida não matei ninguém e fui assassinado. É a lei! Morava em outra cidade, vim com alguns conhecidos para esta região procurar trabalho. Meus companheiros resolveram roubar. Brigamos. Eu fugi, desertei do grupo. Estava a cavalo. Por instinto, vim para esta cidade. Sabia direitinho que tinha de vir aqui. O bando veio atrás de mim, encontraram-me perto daqui, me feriram e me deixaram caído, pensando que estava morto. Levantei-me, andei com dificuldade e vim pedir socorro — o jovem esforçava-se para falar. — Dê-me água! Por favor!

Noeli foi rápida à cozinha, encheu uma caneca d'água, trouxe, abaixou-se e deu água na boca do ferido.

— Vou buscar ajuda. Meu vizinho, com certeza, o levará ao médico.

— Não! Por favor! — o moço a olhou. — Não tem o que fazer. Perdi muito sangue. Se tirar a faca, a hemorragia se tornará intensa. Vou morrer, eu sei. Você está diferente, Senhora do Solar. Muito diferente. Cadê suas roupas bonitas?

— Não posso deixá-lo morrer assim! Eu... — exclamou Noeli.

— Por Deus! Fique comigo. Não quero morrer sozinho. Sabe orar? Reze para mim.

— Como você se chama? — indagou ela.

— Tomás! Não! Chamo-me Antônio!

— Sente dor?

— Antes estava doendo mais — respondeu o jovem com dificuldade.

Noeli pegou uma toalha, colocou embaixo da cabeça do moço.

— Vejo luxo, muito luxo e riqueza. De que adiantou? Tive de ver a ruína que virou. Noellii...

— Como sabe meu nome?

— Não sei. Reze — pediu o ferido.

Noeli colocou o castiçal no chão ao lado dele. Ela estava ajoelhada, sentindo dores, levantou-se e orou em voz alta. Ave-Maria, depois Pai-Nosso e, quando recitou a parte de pedir perdão, comentou:

— Pai Bondoso, perdoe-nos por caridade. Perdoe-nos! Você, Antônio, perdoa?

— Sim, perdoo, e quero o perdão de Deus! Senhora, tenho no bolso do meu casaco um maço de dinheiro. Pegue-o para você. Por favor!

Ela se abaixou, procurou pelos bolsos do casaco, encontrou e pegou.

— O que mais quer que eu faça? — perguntou a moradora da casa.

— Peça ajuda a Deus por mim. Sinto que estou morrendo. Ore novamente.

Como já tinha visto a mãe morrer, Noeli concluiu que aquele homem estava também morrendo. Pediu ajuda à sua avó Maria.

— Vovó — rogou ela —, ajude essa alma! "Pai Nosso..."

Viu sua avó se aproximar do ferido e falar:

— *Ele vai partir. Reconheço-o, ele é o antigo senhor Tomás. Vamos demorar mais tempo para desligá-lo. Ore, minha neta, até ele parar de respirar. Faça-o em voz alta. Depois volte ao seu quarto. Amanhã cedo peça auxílio ao senhor Danilo e fale que o encontrou de manhã.*

Noeli orou em voz alta. Antônio não conseguiu mais falar, estava ofegante. De repente, serenou e parou de respirar.

— Morreu! — exclamou Noeli. — Partiu deste mundo para o outro! Vá em paz! Que vovó Maria possa ajudá-lo!

Seguindo a recomendação da avó, pegou a vela, entrou na casa, trancou a porta e foi para seu quarto.

"Será que os companheiros não vêm atrás dele? Do dinheiro?"

Contou o dinheiro do maço, não era muito e concluiu que os antigos comparsas não se arriscariam por tão pouco.

"Dará para comprar alimentos. Ele me deu, então é meu. Muito estranho! Será que não estou sonhando? Não, estou acordada. Este moço disse que veio por instinto. Chamou-me pelo nome. Parecia saber como aqui foi no passado. Falou primeiro se chamar Tomás. Como gostaria de compreender."

Deitou-se, mas não conseguiu dormir, pensando que na área da casa estava um cadáver. Orou muito e calculou que, quando acordara com o homem batendo na porta, devia ser duas horas. Acabou dormindo e acordou assustada quando o sol nasceu, levantou-se, trocou de roupa, ajeitou-se e foi à porta da frente. O homem parecia dormir, a faca continuava enterrada nele, e sua fisionomia tranquila. Olhou examinando, com a claridade solar, e viu que o moço era feio, moreno-claro, cabelos encaracolados, mas seus traços eram desarmônicos.

"É jovem!", suspirou ela pesarosa.

Abaixou-se e procurou em seus bolsos para tentar encontrar mais alguma coisa, achou somente um lenço sujo de sangue. O rapaz não tinha documentos. Tirou a toalha que colocara em sua cabeça e foi rapidamente à casa do senhor Danilo. O vizinho abriu a porta assustado.

— Senhor Danilo, há um homem morto na área de casa. Foi assim: eu levantei, abri a porta e vi um homem caído. Ele não respira, e tem uma faca enfiada na sua barriga.

— Espere aí que vou trocar de roupa e irei lá — disse Danilo.

Minutos depois, ele e a esposa acompanharam-na.

— Aqui está! — Noeli mostrou o moço caído.

— Meu Deus! Como ele veio parar aqui? — perguntou Olga.

— Não sei — respondeu a moradora do solar. — O que faço?

— Fique calma! Vou buscar a polícia! — determinou Danilo.

O casal vizinho saiu, Noeli fechou a porta e foi fazer um chá, tomou-o com pão. Logo Danilo voltou com o delegado e dois policiais.

— Como você se chama? — perguntou o delegado.

— Noeli.

— Conte o que aconteceu — pediu o delegado.

"Será que ele vai pensar que fui eu quem o matou? Vovó, o que faço?"

Viu sua avó perto dela e, mais calma, contou o que lhe foi recomendado.

— Levantei, abri a porta e levei um susto. Vi o homem caído. Coloquei a mão na frente de seu nariz e percebi que não respirava. Pedi ajuda ao senhor Danilo.

Aquela manhã foi movimentada. Os vizinhos, vendo o carro da polícia em frente ao solar, foram ver o que tinha acontecido. O delegado levou o corpo embora, e Noeli repetiu muitas vezes o que dissera a polícia.

Ela lavou a área para tirar o sangue. Ainda bem que ninguém duvidara do que ela contara.

"Minto ou omito um fato?", pensou aborrecida.

Não costumava mentir.

"Mas, se conto, tenho de devolver o dinheiro que ele me deu. Com o dinheiro, pelo menos por uns seis meses não passarei fome."

À tarde, Danilo gritou no portão pela vizinha. Noeli foi prontamente atendê-lo. Ele estava acompanhado por umas oito mulheres, vizinhas e freguesas. Nalva explicou:

— O senhor Danilo foi à delegacia e veio lhe contar o que a polícia apurou. Como ele disse que ia falar somente com você, nós o acompanhamos para escutar.

— Menina — explicou Danilo —, o delegado apurou, porque seguiram os rastros de sangue que o morto deixou, que ele foi ferido na entrada norte da cidade, que não é longe daqui, se passar pela periferia. Localizaram os pais dele, o moço se chamava Antônio e é da cidade vizinha. A mãe dele contou que o filho tinha por companhia um grupo não confiável. O delegado passou a investigação para seu colega da cidade de origem do rapaz. Isto é tudo!

— Obrigada, senhor Danilo, por tudo — agradeceu Noeli.

— Esse rapaz — comentou Nalva — deve ter sido ferido, veio andando e, ao ver a casa grande, entrou fácil na área, onde caiu e morreu. Vou orar por ele!

Danilo foi embora, e as mulheres ficaram por quase uma hora comentando o assunto.

"Antônio", concluiu a moradora do antigo solar, "falou a verdade. Ainda bem que viram os rastros de sangue. Por um momento, senti medo de ser acusada de tê-lo assassinado."

O dia foi movimentado, e Noeli até que gostou, saiu da rotina. No dia seguinte, foi comprar alimentos com o dinheiro que ganhara de Antônio.

Dois meses tinham se passado do dia em que Antônio morrera na área do solar, e tudo voltou novamente ao normal. Depois do almoço, Noeli foi ao banheiro e, ao descer as escadas, teve uma visão que a impressionou. Viu Noellii muito nervosa, discutindo com alguém no seu quarto. Sentiu-a desprezada, contrariada por não ter conseguido fazer com que João Luiz fizesse o que queria. Ele saiu do quarto nervoso, também não gostava de ser contrariado. Já estava no *hall* da escada quando ela veio atrás e o alcançou. A senhora do solar falou baixinho: "Você não irá me abandonar! Não! Não! E não! Não casará com ela! Nunca!". Ele respondeu num tom tão baixo que certamente somente ela escutou: "Acabou! Compreenda! Terminou o que nunca deveria ter começado! Quero ter filhos! Casar-me com ela!". Sua visão tremia e tentou pegá-lo pelo casaco, ele se esquivou, pisou em falso e rolou pela escada fazendo um barulhão. Noellii se assustou e correu para o quarto. Entrou em seu aposento, desabotoou o colete, soltou os cabelos. Uma empregada bateu à porta, ela abriu e perguntou: "Que gritos são esses? O que aconteceu?". "Um acidente, corra! Venha acudir", respondeu a empregada. A senhora do solar, ofegante, abotoando o colete, desceu as escadas. Viu Eleodora preocupada e um empregado examinando o corpo de João Luiz. "Não respira!", falou o empregado. Noellii se abaixou e tentou ver se ele respirava. "Não escuto nada. Corram, chamem o médico! É melhor não mexer nele. O que aconteceu?" "Penso que ele caiu da escada", respondeu Eleodora, "ou o empurraram". Ela não respondeu, levantou, se pôs a dar ordens e pensou: "Não tive culpa! Fui somente pegá-lo! Foi melhor assim! Traidor! Não poderia deixar que casasse com minha filha!". "Mamãe", escutou de Eleodora, "está satisfeita agora? Não queria que me casasse com ele. Odeio-a por isto. Nunca vou perdoá-la. Invejosa!".

A visão sumiu. Noeli sentou-se no degrau. Chorou baixinho. Tinha sido a maior visão que tivera e bem nítida.

"Por que sinto ser a antiga Senhora do Solar?! Por quê?! Meu Deus!"

Quando se acalmou, levantou-se, foi para a cozinha e fez um chá calmante.

"Será que tem um motivo para ter tido essa visão? Pelo que entendi, quando o senhor Tomás faleceu, a senhora Noellii achou que ia se casar com o senhor João Luiz, mas ele queria se casar com a filha. Brigaram, ela o seguiu e, na escada, discutiram novamente, ele caiu e morreu. O melhor é esquecer essa visão. Se mamãe estivesse aqui, contaria a ela. Não posso contar a ninguém, então o melhor é esquecer."

Tomou o chá e escutou um barulho fora de casa. Achando que era alguma freguesa, levantou-se e abriu a porta. Não viu ninguém no portão. Escutou outro barulho, desta vez vindo da horta.

— Quem está aí?

Noeli perguntou e, como não responderam, sentiu medo. Atenta, olhou para todos os lados. Viu, no canteiro de rabanete, terra removida. Sem fazer barulho, aproximou-se do canteiro. Viu um vulto pequeno correr para o lado esquerdo.

"É uma criança arteira. Veio para roubar rabanetes. Vou surpreendê-la!"

Andando devagar, foi até a mangueira e viu a criança encostada no tronco, comendo o rabanete e olhando para a casa.

— Ah! Menino travesso! — Noeli exclamou alto.

A coitada da "criança" se assustou tanto que deu um pulo. Ela segurou-a pela camisa. Foi então que a olhou. Não era uma criança, mas um anão. Ela já tinha visto uma vez um anão na cidade como também em fotos de revistas. Esforçou-se para não demonstrar espanto ou admiração.

— Roubando minha horta? Por quê? — perguntou.

— Estou com fome — respondeu o invasor.

— Deve estar mesmo, para comer um rabanete sem descascá-lo. Por que está aqui?

— Estava passando, vi a horta, não enxerguei ninguém. Peguei um rabanete.

— Onde mora?

— Não tenho casa.

— Tem família? — Noeli quis saber.

— Não, sou sozinho.

Ela tinha feito o almoço e o jantar, como sempre. Resolveu dar a ele sua comida.

— Venha comigo! Vou lhe dar comida.

Os olhos dele brilharam e a seguiu.

— Sente aqui!

Ele sentou na cadeira, ela fez um prato do seu jantar e deu a ele, que começou a comer, estava realmente esfomeado.

— Desculpe-me — pediu ele —, estou com fome, e a comida está muito gostosa.

Rápido, comeu tudo. Ela tinha somente mais um pouquinho e colocou para ele.

"Jantarei pão com chá", pensou.

Agora, devagar, ele comeu tudo.

— Muito obrigado!

— Agora pode ir embora.

— Para onde? — perguntou ele.

— Como "para onde"? Para a sua casa.

— Não falei que não tenho casa nem família? Será que você não me arruma um emprego? Sua horta está precisando de cuidados.

— Entende de horticultura? — perguntou Noeli.

— Não, mas posso aprender.

— Como você se chama?

— Espirro! — respondeu ele.

— Nome?

— Pingo, Espirro.

— Não tem nome? Nome mesmo? Isso é apelido.

— Não tenho. É melhor lhe contar tudo — decidiu ele. — Não sei se tenho ou tive um nome. Nasci assim, pequeno, sou um anão. Morávamos numa fazenda afastada da cidade. Então era Pingo. Minha mãe morreu, e meu pai logo casou-se novamente. Penso que minha madrasta me vendeu ao dono do circo. Ela deve ter falado ao meu pai que fugi. Tinha oito anos. Pelo que sei, meu pai não foi atrás de mim. No circo, recebi o nome de Espirro. Aprendi a trabalhar, fazer graça, era um palhaço.

— Não gostava? — Noeli, interessada, quis saber.

— Como em tudo na vida, existem os prós e os contras. Quando os prós excedem, está tudo bem;

quando são os contras, fica difícil. Ser palhaço, fazer as pessoas rirem, é algo nato, pessoas nascem assim; forçar complica, porque não fica natural. Fazia obrigado.

— Você não agradava a plateia?

— Até que sim, as pessoas riam — respondeu ele. — Mas eu não gostava. O pior não eram as apresentações, é que era maltratado. Veja! — Ele levantou a camisa. — Olhe minhas costas! Elas estão sempre marcadas das cintadas que levava.

Noeli viu muitas marcas e vergões recentes. Penalizou-se.

— Credo! Por que isso? Por que lhe batiam?

— Em um dos números que apresentava, o outro palhaço me batia. Era para ser de mentira, mas, para parecer original e para que eu gritasse realmente, ele me batia mesmo. Também era surrado por não querer fazer o que me mandavam.

— E aí o que aconteceu? Como veio parar aqui? — Noeli quis saber.

— O circo ia para uma outra cidade, desta vez mais longe, uma viagem de oito horas. Achei que deveria aproveitar esta oportunidade e planejei fugir. Tinha pouco dinheiro. Aproveitei o muito trabalho que é desmontar o circo para ir à tarde à estação de trem, comprei uma passagem para as vinte e três horas e para uma cidade rumo à direção contrária para onde o circo ia. Vim para o sul, enquanto eles foram para o norte. Peguei algumas de minhas roupas, coloquei-as nesta mochila e saí sem ninguém perceber. Viajei por cinco horas de trem. Quando desci, fui para a rodovia, consegui uma carona e parei na estrada que desce por ali — ele mostrou com a mão para o norte.

"No mesmo local, a mesma entrada da cidade de onde Antônio veio", pensou Noeli.

Ele fez uma pausa, tomou água e continuou contando.

— Fui atraído para cá. Não sei por que achei que neste local iria encontrar uma casa luxuosa. Decepcionei-me quando vi uma ruína.

— Esta casa já foi um solar importante.

— Há muito tempo? — perguntou ele.

— Uns cinquenta anos.

— Então é por isso que está velha desse jeito! Embora este lugar esteja diferente, achei o local conhecido. Sabia por onde entrava, o local das portas. Foi um encontro familiar! Entende?

— Não — Noeli foi lacônica.

— Nem eu! Bem... o fato é que não comia desde ontem à tarde. Por isso estava com fome. Muito obrigado! Será que não posso ficar aqui? Como seu empregado? Trabalho a troco de casa e comida.

— É melhor não.

— Não tenho para onde ir! — falou ele em tom tristonho.

— Você se lembra de sua mãe?

— Muito pouco. Às vezes recordo-me dela me pegando no colo. Ela fazia simpatia para eu crescer. Deixe-me ficar aqui por esta noite, estou cansado. Onde irei dormir? Não tenho dinheiro.

Noeli olhou-o e lembrou de sua visão.

"João Luiz! Será que a visão quis me mostrar que João Luiz voltaria? Como gostaria de entender. Vou deixá-lo ficar esta noite."

— Você dormirá na sala esta noite — determinou a moradora da casa. — Os quartos estão fechados, sujos e, por terem goteiras, estão úmidos. Vou esquentar água para que tome banho. Está sujo e fedido. Vou também fazer um emplastro de ervas para que coloque em suas costas. Não tenho mais comida. Dei a você o meu jantar. Moro aqui sozinha e sou muito pobre.

— Agradeço, senhora do solar.

— Por que falou isto?

— Não sei, veio à minha cabeça — respondeu ele. — Solar é casa grande, e esta é. Gostaria mesmo de tomar banho, mas não tenho roupa limpa. Posso lavar as roupas que estão na minha mochila e meu casaco?

— Pode. É melhor você ficar escondido. Será que o pessoal do circo não virá atrás de você?

— Penso que não. Talvez eles deem por minha falta somente quando organizarem o primeiro espetáculo. Pensarão que fiquei na cidade em que estávamos. Não virão atrás de mim. Estou longe deles.

— Onde você dormia no circo? — Noeli quis saber.

— Numa antiga jaula de leão. Não ficava trancada. A jaula ficava embaixo de uma barraca. O circo sempre ia para lugares mais quentes, sempre tínhamos verão.

Ele foi lavar suas roupas, e Noeli foi para seu quarto. Pegou uma pijama que ganhara de Pérola e que lhe pareceu masculino, cortou um pedaço do tecido nas pernas e nos braços.

"Ficará bem nele!", pensou.

Ele lavou as roupas direitinho.

— Amanhã — falou ele —, colocarei estas limpas e lavarei as que estou usando. Como você se chama?

— Noeli.

— Escutei alguém chamando-a de Sofia — disse ele.

— É uma longa história! Meu nome mesmo é Noellii, que ficou Noeli; por acharem difícil e por eu ser feia e esquisita, chamam-me de Estranha e também de Sofia, por ser mais fácil. Vou acender o fogo para esquentar água para se banhar, e você passa nos seus ferimentos este emplastro, vista este pijama limpo. Vou arrumar neste canto da sala um lugar para você dormir.

— Muito obrigado! Posso fritar uns ovos e comer com pão no jantar? — pediu ele.

— Sim.

Depois do banho e com o pijama limpo, o aspecto dele melhorou muito. Jantaram e foram dormir cedo.

No outro dia, ele colocou a roupa úmida e, após ter tomado café, foi lavar o restante de sua roupa. Eram somente algumas peças.

— Você tem somente essas roupas? — Perguntou ela.

— Sim, no circo costumava ficar vestido de palhaço o tempo todo. O dono dizia que as pessoas gostavam de me ver vestido daquele modo. Não as trouxe, quero esquecer que trabalhei como palhaço. Em que posso ajudá-la? Sei tratar das galinhas. Posso capinar a horta.

Realmente ajudou-a. Almoçaram e foram limpar a casa.

— Você usa este banheiro, eu continuo usando o outro.

— Cadê os móveis desta casa? Lembro... Devia ter tido muitos, não é?

— Fui vendendo. A necessidade me fez vender — respondeu Noeli.

— Por que você não me chama de Pingo nem de Espirro?

— Não gosto de apelido. Posso chamá-lo de um nome?

— Sim, pode — concordou ele.

– Vou chamá-lo de João Luiz.

– Gostei, é um nome familiar. Parece que já me chamei assim.

"João Luiz e Noellii juntos novamente!", pensou Noeli. "Mas o que estou pensando? Que absurdo! Mas é o que sinto: juntos de novo!"

6º capítulo: Os dois no solar

João Luiz ajudou sua anfitriã na limpeza da casa, na cozinha e na horta.

"O que será que as pessoas irão pensar ao vê-lo aqui? Ele parece estar feliz. O que faço? O que devo fazer?", pensou Noeli indecisa.

— Tenho mesmo de me esconder? — perguntou João Luiz. — Queria replantar o canteiro de repolho.

— As pessoas podem comentar ao vê-lo aqui. Depois, estou sendo sincera, não tenho como sustentá-lo. Às vezes não tenho o que comer.

— Tem, sim! Há frangos, ovos e verduras!

— São novidades para você, logo enjoará de comer somente isso — respondeu Noeli.

— Já passei por muitas necessidades, penso que foram piores que a fome. Você me respeita, tanto que se recusou a me chamar por um apelido, me deu um nome.

Tenho a certeza de que é incapaz de me humilhar ou me bater. Se passar fome, passaremos juntos. Depois, comigo trabalhando, ganharemos mais.

— Não se iluda, não será muito o que poderemos ganhar. Nesta cidade, as casas têm quintais, muitos dos moradores criam galinhas e têm hortas.

— Deixe-me ficar, por favor — rogou ele. — Não quero acabar em outro circo, exibir minha deficiência física. Se gostasse de ser palhaço, tivesse talento, seria diferente, mas nunca gostei. Sonhava em viver cultivando a terra. Por que você teme comentários? Preocupa-se com o que as pessoas irão pensar?

— Não era para ter esta preocupação. Comentários me incomodam. As pessoas são maldosas.

— Você não tem nenhum parente para que possamos dizer que sou filho dele? Um sobrinho ou um primo próximo? — perguntou João Luiz.

— Sou filha única. Tive dois tios, irmãos de minha mãe que saíram de casa e não retornaram. Será que dará certo dizer que você é filho de um deles? Acreditariam nesta mentira?

— Podemos contar que sou o filho de um dos seus tios que veio para cá atrás da avó e da tia e encontrou você — João Luiz entusiasmou-se. — Conte mais sobre eles, fale tudo o que sabe sobre seus tios. Quero muito ficar aqui. Por favor!

Noeli contou tudo o que sabia.

— Posso ser filho do Zezinho. É isto! Meu pai era o Zezinho, filho de Maria e Antonieto, o senhor Nieto e irmão de Violeta. É uma mentira caridosa. Se você concordar, posso afirmar que tenho uma família, e isto é importante para mim. Não sei o nome de minha mãe nem de meu pai.

— Sofia! Sofia! — Nalva gritou no portão.

Serelepe, João Luiz correu para atendê-la.

— Bom dia! — cumprimentou ele contente. — Chamo-me João Luiz, sou parente de Noeli Sofia. Sou filho do irmão da tia Violeta, meu pai era filho da vó Maria e do vô Nieto. Muito prazer! O que a senhora deseja?

— Como veio parar aqui? — Curiosa, a vizinha freguesa quis saber.

— Meu pai tinha o endereço, falava sempre daqui e, quando ele morreu, eu fiquei sozinho. Então, vim para cá.

João Luiz atendeu-a, ela comprou ovos. E, como Noeli previra, o movimento aumentou. Nalva contou a novidade, e as vizinhas freguesas, curiosas, vieram conhecer o anão parente da Estranha, e João Luiz continuou explicando:

— Meu pai falava sempre de seus pais, meus avós. Fiquei órfão de mãe e, quando meu pai faleceu, resolvi procurar os únicos parentes que tenho. Encontrei Noeli, pedi para ficar, vou ajudá-la no trabalho. Tenho poucas roupas. A senhora não tem alguma que possa servir para mim? Éramos pobres, mas honestos e trabalhadores. Ao viajar, trouxe poucas coisas, não aguentaria o peso de muitas.

À tarde, ele havia ganhado o jantar pronto e muitas roupas.

— São infantis, mas estão ótimas. Você vai me deixar ficar aqui, não é? Não seremos mais dois solitários. Podemos ajudar um ao outro.

— Ainda estou indecisa — respondeu Noeli.

Ele foi ao banheiro, e Noeli viu sua avó Maria.

— *Neta querida* — disse Maria —, *os acontecimentos podem nos surpreender. Deus permite que, por reencontros, aprendamos a amar. Posso gostar dele como neto. João Luiz é um bom nome. Se quer minha opinião, deixe-o ficar.*

— Vovó, e mamãe? — perguntou Noeli em pensamento. — Como ela está?

— *Minha Violeta está bem, sadia, bonita, somente muito saudosa e se preocupa muito com você. Logo que for possível, ela virá vê-la. Fique com Deus!*

A visão sumiu com a entrada de João Luiz na cozinha.

— Vamos jantar? Depois, vou experimentar as roupas. As que não servirem vamos doá-las para aquelas crianças pobres que moram do outro lado. Aqui não tem rádio?

— Não tenho rádio, nunca sobrou dinheiro para comprar um.

— Deixe comigo, vou pedir um — falou ele.

— Não faça isso. Não pago pela luz. O senhor Danilo, um homem generoso que me ajuda sempre, puxou um fio da casa dele para termos três lâmpadas. Não gosto de abusar.

— Como você mudou! Será que eu mudei também? Não comete abusos!

— Não gosto realmente de abusar. Mas por que você está dizendo isso? Seja sincero e me explique — pediu a moradora da casa.

— Penso que estamos sempre mudando, e é bom que seja para melhor. Talvez nós tenhamos sido piores.

— Não estou entendendo.

— Você já ouviu falar em reencarnação? — perguntou João Luiz. — Uma teoria, história, de que o nosso espírito volta em diversos corpos físicos?

— Não é uma lenda? — indagou Noeli.

— Penso que não. Gostaria até de compreender mais o assunto. Por um tempo, um casal de artistas franceses trabalhou no circo. A filha deles, Marcelle, ensinou francês para mim e para Gracia, uma amiga. Esta família francesa acreditava neste fato e passei a pensar muito sobre o assunto e a me indagar: "Por que nasci assim? Por que tenho tanto medo de escada? Sou anão por quê? Se Deus é bondoso, por que me fez diferente, anão? Foi por uma injustiça ou justiça?". A reposta que recebi no meu íntimo, no meu eu interior, foi que: tenho a certeza de que errei muito, não fui para o inferno eterno, mas, pela bondade de Deus, tive a oportunidade de o meu espírito reencarnar, isto é, voltar novamente num corpo carnal que fiz por merecer e para aprender a não fazer mais maldades.

João Luiz suspirou, olhou para Noeli. Ambos ficaram calados por instantes, depois ele voltou a falar:

— Somente posso crer em Deus se acreditar na reencarnação. Não aceito nem pensar que Deus me fez anão porque quis, que devo me conformar com Sua vontade.

— Acho que eu também tenho muito o que pensar sobre o assunto. Não havia ainda passado pela minha mente esta possibilidade.

— É justa, não acha? — perguntou João Luiz.

— Começo a pensar que sim. Minha vida também não é fácil. Sou feia, estranha, deficiente, estou sozinha nesta casa e penso muito ser ela.

— Ela quem? — perguntou João Luiz.

— A senhora do solar. A antiga proprietária deste lugar.

— Você vê lances do passado? Não precisa esconder de mim. Eu entendo. Gostaria de compreender melhor. Se você sente ter sido outra pessoa no passado distante, não me admiro, porque eu também sinto isto. Às vezes me vejo diferente, alto, esbelto, cavalgando imponente em belos cavalos. O pior é quando me vejo assim, sinto que estuprava, castigava, humilhava pessoas simples, penso que estas pessoas eram empregados meus. Quando o senhor que meu deu carona me deixou na entrada da cidade, sabia direitinho onde tinha de ir. Parecia ser eu um imã que estava sendo atraído pelo metal. Só que pensei que encontraria neste local uma casa gloriosa e vi a ruína. Será que já vim aqui antes? Mistério! Por isso, Noeli, que preciso acreditar na reencarnação. Se fui arrogante, orgulhoso, humilhava as pessoas que julgava serem inferiores, nesta vida eu fui o inferior que recebeu muitos abusos, fui humilhado e, como o casal de franceses dizia, não é castigo, mas um aprendizado pela dor, porque recusei aprender pelo amor.

João Luiz saiu da cozinha, e Noeli ficou pensando.

"Será, meu Deus, que existe esta justiça? Se a reencarnação for real, sinto-me amada por Deus e não abandonada. Pensar com certeza que o Pai Celeste me ama é confortador, consolador. Talvez eu tenha sido a Noellii do passado e voltado ao mesmo lugar que errei tanto, mas muito diferente, e não me foi mais permitido cometer os abusos de outrora. Meus atos do passado são o resultado do presente que vivo. Vou dizer para João Luiz que pode ficar. Ele não teve ainda lembranças do lugar, porém meu hóspede, no passado, vinha aqui de visita. Coitado, deve ter sofrido pelos equívocos cometidos. Terá sido coincidência eu ter tido aquela visão na escada? Ou foi um aviso de que ele ia chegar? Ele contou que tem medo de escadas. Será que minha visita é o João Luiz do passado? Poderia ter lhe dado outro nome. Por que veio em minha mente este? Se a reencarnação for verdadeira, Deus é realmente justo e misericordioso."

João Luiz entrou na cozinha e a moradora do solar lhe comunicou:

— Resolvi deixar você morar aqui. Depois, quero que você me conte tudo o que o casal francês lhe ensinou.

— Oba! Oba! — Ele pulou e bateu palmas.

— Só tem uma coisa: exijo respeito, ouviu bem? Fui criada com muito recato, respeito as pessoas e gosto de ser respeitada. Você será como se fosse o sobrinho de minha mãe. E nada de folga; senão, não teremos nem o que comer.

— Você não se arrependerá! — exclamou João Luiz. — Penso, sinto no meu íntimo, na minha alma, que a vida nos colocou perto para aprendermos e para que um ajude o outro. Vou trabalhar e ajudá-la. Quero ser seu amigo.

— Então está confirmado. Porém, se não agir corretamente, vou expulsá-lo daqui.

— Não terá motivos para isso.

Cinco dias se passaram que, para Noeli, foram de novidades. João Luiz conversava muito tanto com as freguesas quanto com ela. Ajudou-a a lavar os cabelos e começou a indagar:

— Como você faz esse remédio para dor de dente? E esse para dor de cabeça? Muitas pessoas vêm aqui para buscá-los e você dá e ensina a usá-los. Quem lhe ensinou a fazê-los?

— Minha avó Maria era quem fazia. Contava que fora seu avô quem lhe ensinara, e ela os foi aprimorando por intuição. Compro álcool e algumas outras coisas para fazê-los e uso de plantas que cultivo. Tenho os dentes estragados, nunca fui ao dentista por não ter dinheiro, porém não tenho dor de dente.

— Você não pode vender essas pomadas e remédios? Não para esses pobres que vêm aqui, mas para outras pessoas.

— Não sei, vovó nunca vendeu nem mamãe e eu. Dos pobres, de jeito nenhum, não recebo nada para ajudá-los. Os outros têm como ir a dentistas e médicos. Raramente, minhas freguesas os pedem.

— Posso ajudá-la a fazer esses remédios? Gostaria de aprender.

— Você me ajudando, aprenderá — respondeu ela.

À noite estavam na cozinha, e Noeli pegou um livro para ler.

— Você não consegue ler sem lupa? — perguntou ele curioso.

— Quando fiz quarenta anos, comecei a ter dificuldades para ler.

— Por que não tem óculos? — indagou João Luiz.

— Se não tenho dinheiro para comprar alimentos, como ter para óculos?

— Realmente, você recebe muito pouco pelo seu trabalho. Precisamos pensar em outra forma de ganhar dinheiro. Desde que seu emplastro curou meus ferimentos, interessei-me pelos remédios que faz, penso que, com eles, você poderá auxiliar mais pessoas e, em troca, receber ajuda. Os ricos têm dores físicas também. Posso oferecer seus emplastros e remédios às freguesas?

— Sim, pode — concordou Noeli.

João Luiz, porém, não ficava calado por muito tempo e, logo após, interrompeu novamente a leitura dela.

— Você já leu todos os livros das estantes?

— Não, tem alguns que estão escritos em outros idiomas.

— Posso vê-los? — pediu ele. — Por favor, deixe, terei cuidado. Gracia tinha professores particulares para alfabetizá-la e ela exigia que tivesse aulas com ela; por isso sei um pouco de inglês, e Marcelle nos ensinou francês. Posso vê-los?

— Sim, amanhã, logo após o almoço iremos vê-los.

Assim, João Luiz, logo cedo, atendendo às freguesas, ofereceu os remédios e explicava:

— Sofia Noeli não cobra por eles, mas aceitamos se quiserem pagar. Para fazê-los, ela compra várias coisas e, atualmente, faltam estes ingredientes. Dona Nalva — ele sorriu para a vizinha –, a sopa da senhora é um manjar dos deuses. Então a faz toda quarta-feira? A senhora não faria um pouco a mais? Eu poderia buscar.

Na hora do almoço, ele contou à sua anfitriã.

– Todas as quartas-feiras irei buscar nosso jantar na casa de dona Nalva; no domingo, almoço no lar de dona Celeida; no sábado, na casa de dona Ângela; e...

– João Luiz, o que você fez?

– Somente me dispus a buscar. Não acha que é muito cômodo receber em casa? Quem quer busca, pede. Você nunca foi buscar?

– Não! – respondeu ela.

– Resto do orgulho da senhora do solar! Pedir é permitido, mas não se deve abusar. Você não pede, espera que lhe ofereçam. Deveria aprender a pedir, buscar e, depois que receber, agradecer. Pense: não pede por orgulho? Se passou fome e não pediu, mereceu. Porque essas freguesas vizinhas são pessoas boas que gostam de ajudar. Vou buscar e serei grato. Com certeza, fome, não passaremos.

"Talvez", pensou Noeli, "esteja sendo ainda orgulhosa. João Luiz tem razão, nunca pedi e tenho pavor só em pensar de precisar pedir esmolas. Devo me esforçar para não ser mais orgulhosa".

No outro dia, depois do almoço, os dois foram olhar as estantes de livros.

— Esses aqui são os que já li, nessa parte estão os que irei ler. Nessa estante, ficam os que estão em outro idioma — explicou ela, mostrando as obras.

— De fato, estão em outro idioma — comentou ele, após examiná-los. — Nessa parte, estão em inglês e francês; esses parecem estar em hindi. Que interessante! O de capa verde, em inglês, é sobre plantas. Devemos dar uma olhada, talvez ele possa nos ajudar com nossos remédios. Nossa! Veja isto: Allan Kardec! Sei traduzir: "*le livre*" é "o livro". Não sei o que significa essa outra palavra. Aqui estão alguns dicionários. Os que nos interessam são o de inglês e esse, de francês. Vou lhe explicar quem é esse autor. Allan Kardec, segundo meus amigos franceses, escreveu sobre a reencarnação e muitos outros assuntos interessantes. Vou tentar lê-los: este sobre plantas e o de Kardec. Para fazê-lo, vou consultar os dicionários de inglês e francês.

— À noite, poderemos fazer isso. Agora temos de trabalhar — lembrou Noeli.

Ângela veio comprar ovos, trouxe com ela uma senhora e explicou ser uma prima que estava hospedada em sua casa.

A mulher, Fiorlla, fez a João Luiz muitas perguntas, como:

— Você é casado?

— Não, senhora, sou solteiro — respondeu ele.

— Não sente falta de mulher, digo, uma companheira?

— Não, senhora, sou castrado.

— Fiorlla, por favor, pare com essas perguntas — pediu Ângela.

— Ora, que mal há em perguntar. Você...

— Vamos embora!

Ângela puxou a prima. João Luiz foi para o outro lado da horta.

"O que será que significa 'castrado'? Vou procurar no dicionário", pensou Noeli, que escutou a conversa.

Entrou na casa, foi até o escritório e pegou o dicionário na estante.

"Meu Deus! Coitado de João Luiz! 'Castrado' é 'que não pode se reproduzir'. 'Castrar', 'cortar ou destruir os órgãos reprodutores'."

À noite levaram, após o jantar, para a cozinha, os quatro livros: dois dicionários, o das plantas e o de Allan Kardec.

— Você foi castrado?

— Não, nasci assim. Penso que, por arrependimento, me castrei e transmiti essa deficiência ao meu físico. Isto não me incomoda mais. Falei isto para aquela curiosa porque vi maldade em seus olhos, com certeza pensou que poderíamos, nós dois, ter algum relacionamento.

— Infelizmente, existem pessoas que veem maldade em tudo — Noeli suspirou.

— A maioria julga as pessoas pelo que são capazes de fazer. Vamos ler os livros? Podemos ver, pelas gravuras deste de plantas, se conhecemos algumas e, com a ajuda do dicionário, saber o que fala sobre elas. Quanto ao livro francês, vou procurar o significado desta palavra, "*médiums*", porque estas, "*le livre des*", sei que são "o livro dos".[1]

Depois de procurar, João Luiz exclamou aborrecido:

— Puxa! Não encontrei. Penso que teremos de lê-lo e aí talvez entendamos o que significa. Vou traduzir esse texto do começo e depois o índice.

— Será que esta palavra "*médiums*" não é algo como "meio"?

— "O livro dos meios"? — perguntou João Luiz. — É estranho demais. Procure no dicionário do nosso idioma sinônimos de "meio".

Noeli o fez.

— Para a palavra "meio" existem muitos sinônimos. Talvez esta possa definir melhor: "intermédio". E "intermédio" significa "medianeiro". Quem sabe seja "O livros dos medianeiros", aqueles que estão entre os

---

1. N. A. E.: A edição que os dois tinham em mãos tinha escrito na capa *Le livre des médiums ou Guide des médiums et des évocateurs*, 15 jan. 1861.

mortos e os vivos. Os que podem sentir, ver, falar com aqueles que vivem de outra maneira.

— Faz sentido — concordou João Luiz.

Os dois perceberam que o trabalho seria demorado.

— Vamos fazer o seguinte — decidiu Noeli. — Eu procuro nas gravuras plantas que conheço, e você marca com lápis as palavras que não sabe, e aí eu procuro no dicionário. Você faz a mesma coisa com esse livro de Allan Kardec. Trabalharemos neles e depois concluiremos o trabalho.

Os dias para Noeli não eram mais de rotina. João Luiz era alegre e explicou o porquê.

— Embora esteja dormindo no canto da sala, é melhor do que na jaula do leão, não apanhei mais, meus ferimentos cicatrizaram, tenho me alimentado e, melhor, estou aprendendo a fazer remédios. Falando em remédios, ao buscar a sopa na casa de dona Nalva, vi Rosinha falando que o pai dela, o senhor Danilo, que você tanto gosta e é grata, está doente, com infecção de urina. Por que você não leva um remédio para ele?

— Não costumo oferecer — disse a moradora do solar.

— Penso que você deve levar, explicar como tomá-lo, e tomar ou não caberá a ele. Vamos colocar o remédio neste vidro que fervemos e fazê-lo orando para captar boas energias para esse homem bondoso sarar.

João Luiz acabou por convencê-la. Fizeram o remédio, e Noeli o fez querendo muito que Danilo sarasse. À tarde, ela foi levá-lo. Envergonhada por estar oferecendo, bateu na porta, e Olga a recebeu muito bem.

— Senhor Danilo — disse ela ao vê-lo —, vim visitá-lo e trouxe este remédio caseiro. Minha avó Maria fazia, depois mamãe, e agora eu o faço. Este é para infecção de urina. Se quiser tomá-lo, com certeza lhe fará bem, o fiz com muito carinho.

— Vou tomá-lo, sim — afirmou Danilo.

Ela explicou como usá-lo, e Danilo tomou na frente dela a primeira dose. Noeli aceitou o café oferecido e depois se despediu, desejando que ele sarasse logo.

Três dias depois, Rosinha foi informar que seu pai havia sarado. A procura pelos remédios aumentou.

João Luiz mudou a rotina da moradora do solar. Ele ganhou um rádio, perguntou a Danilo se podia ligá-lo e, com a permissão, os dois passaram a ouvir músicas e notícias. Trabalhavam agora mais no cultivo de ervas. O livro sobre plantas não os ajudou, eram poucas as que conheciam. Desistiram. Ela passou a ajudá-lo com o livro de Allan Kardec.

— O que está dificultando é não encontrar algumas palavras no dicionário que temos de francês — lamentou João Luiz. — Penso que muitas palavras escritas neste livro foram criadas pelo autor para melhor definir esses fenômenos. Vou ler para você o texto do começo.[2] "Contém o ensino especial dos espíritos sobre a teoria de todos os gêneros de manifestações, os meios de comunicação com o mundo invisível, o desenvolvimento da mediunidade, as dificuldades e os escolhos que se podem encontrar na prática do espiritismo." "Mediunidade" e "espiritismo", não sabemos o que significam, mas devem ser palavras importantes.

Noeli consultou o dicionário do idioma com que se comunicava, procurou o significado de algumas palavras, e os dois concluíram: o livro os ajudaria a entender as visões, os lances que tinham sobre o passado.

— Penso, João Luiz, que esse livro é a chave para aprender a conviver, entender o que se passa conosco. Vamos concentrar nosso estudo nessa obra, com certeza ela mudará nossas vidas.

2. N. A. E.: Com toda certeza, João Luiz teve dificuldades para traduzir e o fez com algumas partes incompletas, outras errôneas, mas deu para eles tirarem a valiosa informação de que necessitavam.

7º capítulo: O livro dos médiuns

A vida de Noeli não era mais rotineira como antes, embora várias tarefas tivessem de ser feitas diariamente. Quatro dias da semana não faziam o jantar, e nem o almoço no sábado e no domingo, isto porque João Luiz buscava a comida pronta nas casas das freguesas vizinhas. O novo morador do solar conversava muito, distraindo-a, e ouvir rádio era para ela muito prazeroso. Os dois faziam muitos remédios e pomadas sob encomenda. Das pessoas pobres, não cobravam nem aceitavam nada em troca. Depois que Danilo sarou, vinham pessoas de toda parte da cidade em busca dos remédios, e recebiam por eles alimentos, roupas e dinheiro.

— Eu não disse que não íamos passar fome? — lembrou João Luiz.

Ele gostava de atender as pessoas e era chamado por seu nome; às vezes de "garoto", "menino" e raramente de "anão". Quando isto ocorria, não achava ruim, sorria de modo cativante e tentava lembrar à pessoa que seu nome era João Luiz.

Todas as noites se concentravam na tradução do livro de Kardec. Ele traduzia, e Noeli procurava as palavras no dicionário e escrevia o texto num caderno. O índice ficou pronto.

— Os assuntos são deveras interessantes! — exclamou ela. — Pena que esta obra não fale sobre reencarnação. Vamos trabalhar o capítulo XIV, cujo título é a palavra que não traduzimos.

Naquela noite, traduziram o item cento e cinquenta e nove.

— "*Médiums*"[1] é então toda pessoa que sente a influência dos espíritos, em qualquer grau de intensidade — concluiu João Luiz.

— Nós dois somos *médiums*! — exclamou Noeli.

— O item cento e sessenta e um diz: os *médiums* involuntários ou naturais são os que exercem a sua influência sem querer. Os que escutam são "audientes", os que veem são "videntes".

João Luiz resolveu voltar ao começo e, duas semanas depois, ele concluiu:

— Somos espíritos e podemos morar em diversos locais, chama-se "alma" quando estamos vestidos com

1. N. A. E.: Como não traduziram, escreviam e falavam a palavra em francês.

o corpo físico e "espírito" quando estamos em outro plano. E *médiums* são as pessoas que podem senti-los, vê-los, conversar com eles, com os espíritos.

Os dois trabalhavam bastante durante o dia; diminuíram os canteiros de legumes, verduras e também as galinhas, concentravam-se em fazer os remédios. À noite trabalhavam na tradução de *O Livro dos Médiuns*.

— Embora — disse Noeli — não tenhamos encontrado nada ainda nesta obra sobre a reencarnação, podemos concluir que estamos evoluindo e, para isto, é necessário voltarmos várias vezes ao plano físico; nessas voltas, podemos ser mais sensíveis e captar aqueles que vivem no plano espiritual. Entendendo o que acontece comigo, posso dizer que não sou nada estranha, mas, sim, um ser normal. Isto me é gratificante. Devem existir muitas pessoas como nós e que escondem esse fato para não serem chamadas de "bruxos" ou de coisas piores, como eu, que recebi o apelido de Estranha; pessoas que se envergonham, sofrem e não conseguem entender o que ocorre com elas.

— Piores são aqueles que são taxados de doentes mentais e são levados para hospícios, são os obsediados.

— O conhecimento dessa possibilidade ia fazer bem a muitas pessoas — comentou Noeli.

— Espero que esta obra, como as outras desse senhor Allan Kardec, seja traduzida para muitos idiomas.

Talvez já tenha sido na nossa língua, mas aqui nem tem livraria...

No outro dia, João Luiz estava pensativo e, quando Noeli perguntou o porquê, ele respondeu:

— Não sei se sou batizado. Nem nome tinha. Será verdade que pagão não vai para o céu?

— Acreditar nessa hipótese é taxar Deus de carrasco. Com certeza, o senhor Kardec lhe responderia que essa lei foi inventada pelos homens e não procede de Deus. Isso o incomoda? Não ser batizado?

— Quero acreditar que não, mas tenho dúvida. Escutei no circo que não era batizado e que eu era um bicho.

— Existe gente pior que bicho — comentou Noeli. — Se quiser ser batizado, posso pedir ao padre Ambrózio. Ele me disse uma vez que, se precisasse de algo, poderia pedir a ele. Amanhã iremos à igreja, às quinze horas; neste horário o padre já almoçou e fez sua sesta, também costuma não ter ninguém na igreja.

No outro dia se arrumaram, fecharam a casa e foram à igreja. Padre Ambrózio morava numa casa ao lado da igreja e, como não o encontraram lá, foram à residência dele.

O sacerdote os cumprimentou sorrindo.

— Que bom que veio me visitar, menina! Estou tendo muitas dores de estômago e ia até pedir para Ângela pegar um remédio para mim. O que o médico me receitou não está adiantando.

— Será um prazer fazer um remédio para o senhor. Vim aqui porque, há alguns anos atrás, me disse que, se eu precisasse do senhor, poderia vir e, se pudesse, me ajudaria. É que não sabemos se João Luiz é batizado, e ele quer receber o batismo. O senhor não o batiza?

— Batizo todos os que pedem — respondeu o sacerdote.

— Então pode batizá-lo. Pode ser agora? — perguntou Noeli.

— Costumo fazer aos domingos, depois da missa — respondeu Padre Ambrózio.

— Mas fará agora, não é mesmo? — determinou ela. — Colocamos nossas melhores roupas para a cerimônia. O senhor sabe que no domingo atrapalhamos porque todos ficarão curiosos em ver a Estranha e o anão na igreja.

— Eu não me importo e... — disse João Luiz, que até aquele momento estava calado.

— Será assim, não é, padre? — interrompeu Noeli. — Vamos à igreja e o senhor o batiza.

O padre concordou e foram à igreja.

— Quem são os padrinhos? — perguntou o sacerdote.

— Padrinhos? — indagou João Luiz olhando para Noeli.

— Eu, com certeza — respondeu ela —, sempre quis ser madrinha de alguém. Por que você, João Luiz, não convida o padre Ambrózio para padrinho?

— Posso?

— O senhor aceita, não é, padre? — perguntou Noeli sorrindo.

— Está bem, aceito. Eu também não sou padrinho de ninguém. Será a primeira vez. Vamos à pia batismal!

Numa cerimônia simples, João Luiz foi batizado. Noeli deu o sobrenome seu para ele. Os três se sentiram bem, ficaram contentes. Agradeceram o padre e se despediram.

— Pronto! — exclamou ela. — Se era pagão, agora não é mais.

— Não sinto diferença, embora tenha me sentido bem com a cerimônia. A igreja não cobra pelo batismo?

— Se cobra, não pagamos. Em troca, não vou cobrar o remédio dele. Padre Ambrózio é boa pessoa, caridoso, exerce bem o sacerdócio. Sinto, quando estou perto dele, boas energias. Vi, na cerimônia, um espírito vestido de batina que, pela luz que irradiava, é um ser bondoso. Padre Ambrózio não cobra nada dos pobres.

— Devo chamá-la de "madrinha"? — perguntou ele.

— Não, continue a me chamar de Noeli. Intimamente, penso que o batismo, ato externo, não serve para nada. Talvez o significado do batismo seja modificação interior para melhor.

— Se Deus realmente separar os batizados dos pagãos, eu estarei entre os batizados! — João Luiz sorriu contente.

— Nascemos muitas vezes. Quantas será que fui batizada? Agora você é batizado, tem padrinhos, e esta questão está resolvida.

— Gracia iria ficar contente em saber do meu batismo! — João Luiz suspirou.

— Você fala muito em Gracia. Você a ama?

— Quis muito bem a ela. Quando fui para o circo, Gracia era neném, depois menina, e, por algum tempo, estudamos juntos, fui alfabetizado por exigência dela. Gracia me defendia como podia. Ela morava num *trailer* com os pais e dois irmãos, todos artistas. Eu escondia dela algumas maldades que me faziam para não chateá-la. Não tinha como ela me defender de tudo. Gracia dividia as guloseimas que ganhava comigo.

— Conte para mim como era sua vida no circo — pediu Noeli.

— Falar de tristezas no dia do meu batizado? Não! Vou falar de Gracia. Hoje estou muito saudoso. Ela é linda. Faz tempo que não a vejo. É loura, olhos azuis e muito delicada. Trabalhava como equilibrista. Conheceu um moço de outro circo, que era bem maior, namoraram mais por correspondência, casaram-se, e ela foi embora com ele.

João Luiz suspirou. Noeli percebeu que seu afilhado tinha sofrido muito e ainda sofria.

— Você a ama! — exclamou ela.

— Não tenho como comparar, gostei de duas pessoas até hoje. Dela, talvez como mãe, irmã e amiga, e agora gosto de você.

— Mas de forma diferente.

Noeli pensou em Antero.

"Existem muitas formas de amar. Entendo-o, João Luiz amou Gracia como eu amei Antero. Um amor platônico, puro e intenso. Talvez ele tenha amado mais porque conviveu com ela."

— Você não a viu mais depois de casada?

— Não — respondeu ele. — Gracia me escreveu somente uma carta. Escrevia às vezes para os pais e me mandava abraços. Não era fácil nos correspondermos, estávamos sempre indo de uma cidade à outra, e ela também. Rezo para ela todas as noites para que seja feliz.

Depois desse dia, João Luiz foi contando os acontecimentos de sua vida. Noeli concluiu que ele sofrera muito. Desde que chegara ao circo, vestiram-no de palhaço e o ensinaram a fazer graças. Era alimentado, somente passou fome quando todos do circo passaram. Primeiramente dormiu num *trailer* com uma mulher idosa e, quando ela morreu, foi para a jaula. A vida deles no circo não era fácil. Em algumas cidades eram aceitos, em outras não. Tiveram de fugir de algumas por terem dívidas. Ele não gostava de ser artista, era chutado, recebia cintadas e, quando descobriram que ele tinha medo de escadas, o faziam subir: ele gritava, e a plateia nem imaginava que seus gritos eram realmente de pavor.

— O pior — contou ele numa tarde em que refaziam um canteiro — era que o filho do dono do circo me estuprava, e os que sabiam riam.

João Luiz chorou. Noeli sentiu vontade de abraçá-lo para confortá-lo, mas não o fez; disse somente:

— Isso passou...

— Graças a Deus! — exclamou ele. — Por isso sou feliz aqui. Obrigado, madrinha, muito obrigado. Por esse motivo é que acredito em reencarnação. Aprendi uma lição com o que aconteceu comigo. Nunca mais forçarei ninguém a fazer o que não quer. Vou respeitar sempre o próximo: no seu físico, nos sentimentos e, se a vida me colocar em condições melhores, irei ajudar as pessoas.

— Você já começa a provar isso — falou Noeli.

— Eu?!

— Você trata bem todas as pessoas e mais ainda os pobres que vêm buscar os remédios, brinca com as crianças e não maltrata ninguém.

— Gosto das crianças! — exclamou João Luiz.

— Aprendeu a amá-las.

— Tomara que nunca me esqueça disto, de amar a todos.

— Lição repetida é lição aprendida — afirmou a filha de Violeta.

— Deus queira que eu aprenda mesmo!

— Você tentou fugir do circo outras vezes?

— Sim — respondeu ele. — Uma vez, depois de ter sido novamente abusado sexualmente, peguei algumas roupas e fugi. Como não planejara, não tinha dinheiro, fui andando em direção à periferia e fui parar num sítio. O casal que morava ali deixou que dormisse num barracão e me deram comida. No outro dia, o homem me pegou, me colocou num saco e amarrou. Eu fiquei imobilizado e no escuro. Escutei o casal conversando, e o homem disse à mulher: "Tem recompensa por ele, o dono do circo ofereceu dinheiro para quem o levar de volta. Vou à cidade, entrego-o, recebo a recompensa, passo no armazém e compro alimentos". Percebi que me colocaram numa charrete e logo chegamos. O dono do circo abriu o saco, me tirou de lá, me colocou na jaula e a trancou. Pagou o homem. Por uns tempos fui vigiado e todas as noites trancavam a jaula. Não tentei fugir mais, não queria ficar longe de Gracia e também porque o filho do dono do circo que me estuprava casou e me deixou em paz. Desta vez, planejei a fuga, e deu certo. Não tinha mais nenhuma razão para ficar no circo depois que Gracia foi embora.

À noite João Luiz mostrou a Noeli.

— Veja esta página no livro de Allan Kardec. Alguém escreveu ao lado. É no capítulo vinte e três, "Da obsessão". Consegui traduzir o que é esta palavra. O que entendi é: o domínio que alguns espíritos podem adquirir sobre certas pessoas. E, quando isto ocorre, são sempre espíritos inferiores que procuram dominar. Os espíritos bons que, encarnados, foram pessoas boas, não exercem esses constrangimentos, os seres bondosos aconselham e combatem a influência dos maus.

Ela pegou o livro e viu, no lado interno da página, escrito com caneta tinteiro, algo que a moradora do solar sentiu ser de autoria de Pietro. Leu em voz alta o que estava grafado:

— "Devo ter sido obsediado. Com certeza fiz coisas subjugado. Só pode ser isto. Preciso de ajuda. Devo procurar auxílio." — Noeli indagou: — Será isto possível?

— Raciocinemos: se existem pessoas boas e más aqui na Terra, elas, quando morrem, devem continuar boas e más. Deve ser por isto que o herdeiro deste solar foi viajar à procura de auxílio. Procurei no livro pela palavra "subjugado" e encontrei no mesmo capítulo vinte e três, "subjugação". Escute: "é um envolvimento que produz a paralização da vontade da vítima, fazendo-a agir a malgrado seu. Esta se encontra sob um verdadeiro jugo, que pode ser moral ou corpóreo".[2]

— Será que tem mais páginas marcadas ou outros escritos? — perguntou Noeli.

2. N. A. E.: É deveras interessante esse livro. Convido o leitor a estudá-lo.

— Procurei por isso e não encontrei mais nada escrito, mas achei um texto riscado; é no final, no último parágrafo, e traduzi, escute, vou lê-lo: "Com efeito, a facilidade com que certas pessoas aceitam tudo o que vem do mundo invisível sob a cobertura de um grande nome é o que encoraja os espíritos mistificadores. Devemos aplicar toda a nossa atenção em desfazer as tramas desses espíritos, mas só o podemos fazer com a ajuda da experiência, adquirida através de um estudo sério. Por isso, repetimos sem cessar: Estudai antes de praticar, pois é esse o único meio de não terdes de adquirir a experiência à vossa própria custa".

— Nossa! Que beleza de ensinamento! — Exclamou Noeli emocionada. — Este livro é realmente uma obra-prima. Vamos continuar estudando, não vamos?

— Sim, vamos — afirmou João Luiz. — A conclusão que tirei com o que estudamos até agora é: existem pessoas mais sensíveis que intermediam. Enquanto vivemos no corpo de carne, estamos no plano físico, estamos encarnados, e, quando este corpo morre, vive-se de outro modo, desencarnado, e os sensíveis podem se comunicar com os que estão no além. Allan Kardec chama estas pessoas de *médiums*. Os espíritos são bons e maus e, para nos afinarmos com os bons, temos de ser bons.

— Também existem pessoas que não perdoam e que podem se vingar depois de mortas.

— Isto pode mesmo! — exclamou ele suspirando. — Pelo que entendi, o senhor Pietro foi obsediado por algum espírito, ou mais de um, que o perseguia. Isto ocorreu comigo. Vou lhe contar. Na época que isso aconteceu, não entendia; agora, com a leitura deste livro, é que começo a compreender. Lembro-me que, quando criança, tinha pesadelos e, quando fui para o circo, escutava risadas de alguém invisível, e os pesadelos continuaram. Quando fui estuprado pela primeira vez, estava na jaula machucado, muito infeliz, e chorei bastante. Aí vi o vulto do espírito de uma mulher; desta vez ela não riu, seus olhos brilhavam, ela não falou, mas eu a escutei. Agora concluo que este espírito me odiava, estava se vingando, ela pensou, e eu a entendi. Ela me passou a mensagem: "Onde está o rico senhor? O arrogante que usava das pessoas? Gostou de ser estuprado? Você fez isto comigo e não se importou com o meu sofrimento. Por isso não vale mais a pena vê-lo sofrer. Vou cuidar de minha vida. Deixo-o num inferno, isto porque seu estuprador gostou e o fará mais vezes, como você fez comigo. Fique com o capeta! Adeus!". A visão, este espírito, sumiu, e eu não tive mais pesadelos nem a senti, vi ou escutei. Este espírito, esta mulher, não me perdoou e se vingou. Devo realmente ter feito muito mal a ela que, em vez de seguir sua vida, parou para me fazer sofrer. Quando se sentiu vingada, foi embora, talvez tenha até reencarnado ou ido morar em locais onde residem os espíritos. Com a leitura deste livro, comecei a pensar nos meus atos, nos que fiz e nos que tenho recebido. Concluí, ao orar o Pai-nosso, que devemos perdoar para sermos de fato perdoados. Consegui perdoar a todos: meu pai, a madrasta que me vendeu, aqueles que me maltrataram no circo e o homem que me estuprava. Não quero ter mágoas e até tenho conseguido orar por eles. Agindo assim, posso pedir perdão.

— Como pedir perdão se não sabe quem são suas vítimas, se estão vestidos do corpo carnal ou não? — perguntou a moradora do solar.

— Mas Deus sabe que eu perdoei e que pedi perdão! Aqueles que me maltrataram também não me pediram perdão e, mesmo assim, eu perdoei.

— Nesta vida, existência, não tenho nada para perdoar nem para pedir perdão. Recebi de algumas pessoas tentativas de ofensas quando me chamavam de Estranha e Feia, compreendi e não fiquei magoada. Vou fazer como você, pedir perdão. Com certeza recebo as reações dos meus atos errados, e erros são maldades cometidas. Mas e se alguém não quiser perdoar?

— Penso que aí o problema é dele — respondeu João Luiz. — Não perdoar é errado, porque não perdoar é não ser perdoado. Por isso oro tanto para aqueles que me maltrataram e pelos que maltratei. Tenho sentido paz com esta atitude.

Noeli passou, desde esse dia, a orar mais e a rogar a Deus para perdoá-la; que se ela tivesse feito vítimas, que estas a perdoassem.

Todas as noites oravam os dois juntos, depois trabalhavam na tradução, e esta ficava mais fácil por começarem a conhecer mais as palavras.

— Como gostaria de fazer parte de uma reunião de *médiums*! — exclamou Noeli.

— Eu também. Talvez até tenha alguma pela região. Nesta cidade não tem; se tivesse, eu saberia. Tenho especulado, até perguntei ao padre Ambrózio, mas ele não sabe de nada disso, me afirmou que nunca ouviu falar de Allan Kardec.

— Os *médiums* que têm o privilégio de fazer o bem com esta sensibilidade, de fazer parte de um grupo, de estudarem juntos, não sabem a graça que recebem. É um presente valioso ajudar o próximo, tanto os que estão no plano físico como os que estão no espiritual. Se eu receber esta dádiva na minha próxima encarnação, vou agradecer muito.

O ambiente no solar ficou melhor, e Noeli não teve mais as visões de Noellii, não teve mais lances de seu passado. Porém, sentia com certeza ter sido a antiga senhora do solar e João Luiz o amante do passado, o sobrinho / filho de Tomás.

"Deus é muito bom! Que oportunidade de aprender temos com a reencarnação!"

Faziam muitos remédios, dividiam tarefas, e era ele quem saía para fazer compras, buscar os alimentos que ganhavam e entregar os remédios, além de ir à igreja e levar remédios para o Padre Ambrózio.

– Gosto de ir à igreja e conversar com o meu padrinho. Gosto dele!

Padre Ambrózio lhe dava presentes, quase sempre roupas.

E os dias estavam tranquilos.

8º capítulo: Novamente sozinha

Numa manhã, os dois moradores do antigo solar trabalhavam num canteiro de ervas. João Luiz sorriu.

— Por que está sorrindo? — quis saber Noeli.

— Hoje é aniversário de Gracia, ela completa vinte e oito anos.

— Você tem então trinta e seis anos?

— Deve ser isso.

— Quando é seu aniversário? — perguntou ela.

— Não sei.

— Pode ser hoje! Posso fazer um bolo para você!

— Uma festa? — João Luiz se entusiasmou. — Nunca ninguém me cumprimentou pelo aniversário. Posso convidar as pessoas?

— Para comer um simples bolo?

— Se você permitir, eu consigo a festa. Para hoje não dá, teremos pouco tempo. Amanhã será o meu aniversário, completarei trinta e seis anos. Como eu gostaria que Gracia soubesse que agora tenho data para aniversariar.

"Como ele a amou", pensou Noeli, "ama ainda. O amor alimenta a vida!".

Logo em seguida chegou a primeira freguesa, e João Luiz, todo alegre, convidou-a:

— Dona Nalva, amanhã é meu aniversário, completo trinta e seis anos. Nunca tive uma festa, e Noeli vai fazer um bolo para mim. Quero convidá-la para que venha comê-lo conosco amanhã às quatro horas. Teremos somente um bolo simples, uma pequena fatia para cada um. A festa é só para cantar o parabéns.

Como era esperado, Nalva aceitou o convite e afirmou:

— Vou trazer uns docinhos.

E, logo pela manhã, já havia ganhado refrescos, salgados, e Celeida faria o bolo. Depois do almoço, ele foi às casas de outras vizinhas e freguesas para convidá-las e também convidou seu padrinho.

João Luiz planejou tudo; entusiasmado, contagiou a moradora da casa, que também ficou contente.

No outro dia, às quinze e trinta minutos, estava tudo pronto, e os dois bem arrumados. Na festa, teve fartura, todos vieram; João Luiz chorou quando cantaram a música desejando-lhe felicidades.

Os convidados gostaram da festa. Padre Ambrózio não foi; justificou que, se fosse no aniversário dele, teria de ir a todos em que fosse convidado, mas lhe daria um presente.

O aniversariante ganhou muitos presentes: agasalhos e roupas novas.

— É a primeira vez que vestirei roupas que não foram usadas! Veja esta camisa! É linda! — exclamou ele contente.

Os convidados foram embora, a última às dezessete horas e trinta minutos.

— Como previ, sobraram muitas coisas. Ajude-me, Noeli: vamos arrumar novamente a mesa; logo às dezoito horas as crianças da rua ao lado chegarão.

— Como? Você as convidou? — Noeli se admirou.

— Sim, as convidei. O dono do armazém me deu dois pacotes de doces e um grande de balas: vou colocá-los na mesa com o que sobrou. Terei outra festa, e esta será mais interessante. Talvez, como eu, aquelas crianças nunca tenham tido festa de aniversário nem tenham ido a uma.

Foi novamente muito agradável: mães e filhos vieram, cantaram e comeram tudo o que tinha. Para clarear a sala, Noeli, além da lâmpada, acendeu velas, e as crianças se divertiram.

Quando todos foram embora, fecharam a casa e a limparam.

— Obrigado, madrinha! Foi um dia muito feliz! Pena não poder comemorar mais vezes por ano o aniversário. No ano que vem, farei outra festa. Você deixa, não é? Sabe qual o presente de que mais gostei? Primeiro: o seu sorriso, você sorriu o tempo todo nas duas festas. Eu notei! Segundo: a alegria das crianças; elas comeram doces, tomaram refrescos, cantaram, foi ótimo. E terceiro: cantaram para mim. Gostei de ser cumprimentado.

"João Luiz mudou mesmo!", pensou ela. "Para quem, no passado, desprezava os pobres, agora gosta da companhia deles."

— Vamos orar — convidou o aniversariante. — Quero agradecer pelo dia feliz que tive. Depois, vou colher as duas ervas para o remédio de dona Nalva e arrumarei o meu canto para dormir. Você ouviu dona Ângela dizer que este ano o inverno será rigoroso? Ainda bem que ganhei um casaco e um pulôver.

Depois da oração, Noeli foi para o seu quarto. Sentou-se em sua cama, estava contente. Sentiu uma energia diferente, olhou para o leito ao lado e viu sua avó e sua mãe.

— Mãezinha! — exclamou emocionada.

— *Filha querida! Vim para a festa! Estou contente por vê-la alegre, eu também estou me sentindo bem. Por que esta cama vazia?*

— *Neta* — disse Maria —, *como prometi, trouxe Violeta para visitá-la, ela voltará mais tranquila para sua nova moradia sabendo que está bem. A festa acabou, vamos embora. Como sempre, estarei por aqui. Fique com Deus!*

As visões sumiram. Noeli, emocionada, enxugou as lágrimas.

— Obrigada, meu Deus, obrigada!

Passou a mão onde viu sua mãe sentada.

"Mamãe perguntou por que está vazia. O que será que ela quis dizer? Minha mãezinha está tão bonita! Vi, quando sorriu, seus dentes sadios; está corada e com a aparência mais jovem. Senti que ela está bem. Que bom ter conseguido vê-la!"

Não chorou, como pensava em fazer quando visse sua genitora. Ouvindo o barulho de João Luiz na sala, foi para lá.

— Dona Ângela me perguntou dos objetos caros que tinha na casa. O que foi feito desses objetos? — perguntou João Luiz.

— Fui vendendo até acabarem. Uma senhora rica comprava-os. Vendi tudo o que foi possível, ficaram somente os quadros da sala, porque, os da escada, decidi não me desfazer deles; depois, penso que ninguém iria querer comprar retratos. Logo depois que vendi os últimos objetos, mamãe faleceu, e dona Pérola, a compradora, também. O marido dela estava doente; ela aparentava estar sadia, sofreu um infarto e morreu.

— Se você quiser, posso tentar vender esses quadros — João Luiz se ofereceu.

— Pode tentar: se conseguir, venda-os. Falta eu lhe dar o meu presente. Sabe o que será? Você poderá, se quiser, dormir no meu quarto.

— O quê? — Perguntou ele surpreso, abrindo a boca.

— No meu quarto, tem duas camas com bons colchões, você poderá dormir na que foi de mamãe. Não tem porquê você dormir no chão aqui da sala. De fato, está previsto um inverno rigoroso. E aí, aceita?

— Meu Deus! É muita alegria para um dia só. Sentia medo de dormir neste canto da sala. Foi o melhor presente. Obrigado!

Rápido, foi para o quarto.

— Amanhã, vou dar o colchão em que dormia. Ganhei-o de dona Ângela; ele está bom, mas este é melhor.

Arrumaram-se para dormir. Deitados, ele comentou:

— Ter a claridade da vela é muito bom. Penso que é a primeira vez que dormirei numa cama. Como está bom! Madrinha, vamos combinar uma coisa? Você nunca teve pai, então serei o seu pai. O pai de coração, adotivo. E você será, de agora em diante, minha mãezinha. Serei pai e filho para você, e você, minha mãe e filha. Padre Ambrózio me falou que o sentimento mais puro e intenso é o maternal e paternal. Será este sentimento que nutriremos um pelo outro. Não comentaremos sobre isto com ninguém; para todos, continuarei a dormir na sala. Vou agradecer a Deus! Vamos orar novamente?

Oraram e dormiram tranquilos.

Passaram então a dormir no mesmo quarto, e o carinho entre os dois se fortaleceu. Não sentiram mais medo, um dava segurança ao outro.

João Luiz vendeu os quadros da sala, Noeli achou que ele fez uma boa venda. Ela guardou o dinheiro porque a inflação estava baixa.

"É bom guardar este dinheiro. É uma garantia. Usarei numa necessidade", determinou a moradora da casa.

Os moradores do solar passaram por dias tranquilos sempre tentando ajudar aqueles que lhes pediam auxílio.

Logo de manhãzinha, Nereide, a filha de Cida, gritou no portão:

— Sofia, João Luiz, quero lhes pedir um enorme favor. Como sabem, tenho cinco filhos, moramos numa casinha pequena de três cômodos, passamos por muitas dificuldades. Meu marido é trabalhador, é empregado de uma fazenda, ganha pouco e gosta de beber. Engravidei novamente. Preciso de um remédio para abortar. Por favor, façam-no para mim. Como ter mais um filho?

Os moradores do solar se olharam. Noeli respondeu:

— Não sei fazer isso. Não mesmo!

— Não pense em abortar — rogou João Luiz. — Vou ajudá-la a ter mais este filho. Por favor, não aborte! Se Deus mandou, Deus cuida! Vou pedir ajuda para você.

Ele começou de imediato, pediu para todos os que conhecia auxílio para Nereide. Padre Ambrózio foi à casa dela, conversou com o casal, aconselhou o marido a parar de se embriagar. Ela ganhou o enxoval do neném, roupas para os outros filhos, colchões, utensílios domésticos e brinquedos.

Quando o neném nasceu, Nereide veio mostrar o filho para os moradores do solar.

— Quero agradecê-los, vejam que criança linda! O médico me operou para não engravidar mais. Com este filho, nossa vida melhorou. O patrão do meu marido passou a me dar parte do ordenado dele em alimentos, e ele está bebendo menos depois que padre Ambrózio conversou conosco.

Quando os dois ficaram sozinhos, Noeli perguntou a seu afilhado:

— Quem você acha que é esse espírito que nasceu numa família com tantos problemas e tão pobre?

— Certamente um necessitado de aprendizado, como todos nós somos, ou um espírito amigo, que veio para auxiliar a família, para ficar perto de afetos. Com certeza ele ficou com medo de ser abortado. Você sabe fazer remédio abortivo?

— Sei, mas não faço — respondeu Noeli.

— Quando sabemos, pode ser uma tentação — concluiu João Luiz. — Agiu certo. Mesmo com minha deficiência, sou grato por estar reencarnado. Com certeza, sofri muito no plano espiritual. Você acha que, se eu morrer agora, irei sofrer?

— Com toda certeza não! O que fazemos de errado? Estamos fazendo o bem.

— Espero que os "obrigados" e "Deus lhe pague" que escutamos sejam bênçãos a iluminar nosso caminho no Além.

Riram e foram fazer os remédios.

Numa tarde, uma vizinha, moradora do outro lado da rua, gritou no portão:

— Sofia! João Luiz! Meu irmão foi esfaqueado. Foi ontem num bar, numa briga. O médico atendeu-o, fez um curativo, ele está sentindo muitas dores.

Os dois pegaram remédios para dor, para cicatrização, e foram onde o ferido estava. Ao vê-lo, Noeli concluiu:

— Começa a inflamar. Temos de limpar o ferimento.

Por dias, os dois visitaram o ferido, levando remédios, e faziam o curativo.

— Quando vejo vocês dois entrando aqui — disse o moço —, vejo luzes junto e me sinto melhor. Tenho me perguntado por que fazem isso? É por bondade? Decidi ser uma pessoa melhor com o exemplo de vocês. Serei um bom filho, não vou mais a bares nem me embriagar. Devo agradecê-los?

— Sim, claro — respondeu João Luiz. — Sempre é bom agradecer. Sentimo-nos bem quando o fazemos.

— Então, muito obrigado. Não vou chamá-los mais de Estranha nem de Anão.

Os dois sorriram. Voltando para casa, Noeli comentou:

— Penso que muitos se referem a nós pelos adjetivos "estranha" e "anão". Não me importo. E você?

— Também não. Sou anão, mas você não é estranha. Foi tão bom Deus ter permitido nos reencontrarmos. Porque sinto que não foi um encontro, mas, sim, um reencontro. E fazemos o bem juntos. Não é maravilhoso?

— Com certeza é! — Exclamou Noeli contente.

— O bem que fazemos nos deixa felizes, porque, ao fazê-lo, primeiro fazemos a nós — comentou ele.

Os dois se dedicavam mais a fazer remédios, emplastros e pomadas, que eram vendidos, trocados e doados para os pobres. A horta de verduras era pequena, mais para o consumo deles; as galinhas forneciam ovos, que ainda eram vendidos. João Luiz buscava comida pronta nas casas de vizinhas alguns dias por semana. Conversava muito, fez muitas amizades. Por três anos, comemoraram o aniversário dele com duas festas. Os dois acabaram a tradução de *O Livro dos Médiuns* e liam sempre as anotações, como também os Evangelhos que estavam na Bíblia; oravam todas as noites juntos e dormiam tranquilos. Embora Noeli sentisse dores musculares, não se queixava, estava bem.

"Aprendemos, João Luiz e eu, a nos amar com fraternidade. Reconciliamo-nos e nos amamos como parentes próximos. Isto é gratificante!", Noeli pensava sempre.

Não faltava nada para os dois. João Luiz arrecadava roupas, alimentos e os distribuía para os pobres do outro lado da rua. Era querido.

— Madrinha — chamava-a assim quando estavam sozinhos —, tive três fases na minha vida. Da primeira, recordo-me muito pouco, foi no sítio com meus pais. A segunda foi de sofrimento, humilhação, um resgate pela dor. Na terceira, no antigo solar, foi quando aprendi que podemos quitar nossas dívidas fazendo o bem. Sou feliz aqui!

— Também sinto-me bem com você comigo!

Noeli não teve mais visões com Noellii, ou agora entendia que eram lances de seu passado. Via sempre sua avó Maria, e ela estava sempre ajudando a fazer os remédios. Via também sua mãe.

— *Estou bem, filha* — afirmava Violeta. — É, para nós todos, importante viver encarnados o tempo planejado. Um dia você estará vivendo conosco — E dava palpites: "*Passe direito este emplastro no seu pé!*"; "*Alimente-se!*"; "*Não tenha preguiça de lavar seus cabelos como eu o fazia!*" etc.

Olga faleceu, Noeli e João Luiz foram ao velório. Ela se preocupou com seu vizinho, percebeu que ele sofria, tentou confortá-lo. Ao voltarem para casa, João Luiz comentou:

— Sabe o que quero fazer quando morrer e estiver do lado de lá?

— Crescer, ficar alto — respondeu Noeli.

— Se isto for possível, tudo bem. Penso que não precisarei ser anão no plano espiritual, porém, se continuar, não me importarei, já me acostumei com minha altura. Mas errou. A primeira coisa que farei, se possível, será ver Gracia. Será um reencontro emocionante! Ela com certeza não irá me ver. Estará mais velha, talvez gorda, mas não feia. Ninguém é feio para quem ama.

— Pensei que você iria querer ver sua mãe.

— Será que ela já não reencarnou? Com certeza, vou querer saber dela e espero vê-la bem.

— Você ajudaria seu pai e sua madrasta? — Noeli quis saber.

— Se eles necessitarem e eu puder, ajudo-os, sim. Madrinha, você já pensou que somos auxiliados e temos auxiliado e que, talvez, entre estas pessoas, esteja alguém que prejudicamos? Um antigo desafeto? Isto não é maravilhoso? Com nossas atitudes, podemos reverter desafetos em afetos. A vida nos dá oportunidades de nos reconciliarmos.

"Isto é um fato!", pensou ela. "Com certeza, eu fui a antiga dona do solar, e João Luiz, o meu amante, que me culpou pelo seu desencarne. Sinto que fomos os dois no passado. Agora ele me quer bem. Se meu afilhado souber disto, continuará meu amigo? Devo ou não contar a ele? E se estiver enganada? É melhor não falar. O importante é que nos tornamos afetos. E eu? Vou querer rever Antero? Penso que não. Vou mesmo abraçar vovó e mamãe."

Três meses depois desta conversa, completaram-se quatro anos que João Luiz estava morando no solar. Naquela noite, houve uma tempestade e, no outro dia, pela manhã, ao ir ao banheiro, Noeli viu que um dos cantos da casa se destelhara, o que alagou o cômodo.

— Vou aproveitar que a chuva passou para subir no telhado e consertar este vão para não goteirar mais — determinou João Luiz.

— Como você irá subir?

— Pela árvore.

— Não é melhor subir pela escada? — perguntou Noeli. — Ela é velha, mas está inteira. Aguenta seu peso.

— Eu? Subir pela escada? Nem pensar! Subo pela árvore!

Os dois foram ao quintal e planejaram o que fariam.

— Subo pela árvore por estes galhos — mostrou ele — até alcançar a ponta do telhado. Não tenho medo de altura, só de escada. Coloco as telhas no lugar e depois desço.

— Será que os galhos aguentam seu peso?

— Peso pouco, sou leve. A árvore está verdinha, não vejo problema.

Ele subiu, e Noeli ficou embaixo, olhando. Esperto, João Luiz foi passando de um galho a outro. De repente, ouviram um estalo, o galho quebrou, e ele caiu. Ela correu, tentou pegá-lo, mas não conseguiu. Seu afilhado caiu em cima do galho quebrado, que entrou pelas costas, fazendo com que ponta aparecesse em seu peito.

— Noeli... madrinha... eu caí! — falou ele baixinho e completou: — Vovó Maria!

Por instantes, a moradora do solar ficou sem saber o que fazer. Ele olhou para ela e tentou sorrir. Noeli o pegou no colo, mas não mexeu no galho; lembrou-se do que o moço que morrera na área da casa falara: "Se tirar a faca, terei uma hemorragia". Acomodou-o em seu colo e, andando o mais rápido que lhe foi possível, foi para a casa de Danilo. João Luiz se aquietou, ela pensou que desmaiara, porém seu afilhado desencarnara. Ela nem notou que se sujava toda de sangue, pois este saía abundante do lado das costas do ferido.

Chegando perto da casa de Danilo, ela gritou por ele, que, assustado, saiu à porta.

— Acuda-nos, senhor Danilo! João Luiz se feriu!

Danilo, ao vê-los, gritou pelo neto e, rápidos, os dois o colocaram no carro. Foram para o hospital que fora inaugurado havia pouco tempo; era pequeno, mas a população estava satisfeita com este recurso. A moradora do solar não o conhecia. O carro parou, o neto de Danilo ajudou-a a descer, e o bondoso vizinho a acompanhou. Assim que entraram, dois enfermeiros colocaram o ferido numa maca, chamaram pela emergência, e o médico de plantão mandou levá-lo para o centro cirúrgico.

Danilo fez sua vizinha sentar-se e ficou ao seu lado. Ela chamou por ajuda, pediu a Deus, a Jesus e à sua avó Maria para auxiliar seu amigo. Os dois, Danilo e Noeli, permaneceram sentados e calados.

Passaram-se uns quinze minutos, e uma enfermeira veio ao corredor. Com um sinal, ela chamou por Danilo, que se levantou e foi conversar com ela, falaram baixinho. Ele retornou, sentou-se novamente ao lado de Noeli, pegou em sua mão suja de sangue e falou:

— Menina, você tem de ser forte! Foi muito grave o ferimento do seu amigo. Ele deve ter morrido assim que caiu. Acho que Deus o levou para uma vida melhor.

Noeli não conseguiu falar nada, ficou olhando o vizinho.

"Por que, meu Deus? Por que mais esta perda?", pensou.

— Menina — continuou Danilo a falar —, devemos ir à sua casa para que troque de roupa.

Ela então olhou para a sua saia, estava encharcada de sangue, o líquido escorrera por suas pernas.

— Não sei o que fazer... — conseguiu ela falar.

— Levo você até sua casa, você se limpa, se troca, pega uma roupa para João Luiz, e voltaremos aqui, eu a ajudarei.

— O senhor é um anjo que Deus colocou em minha vida! João Luiz morreu mesmo? O senhor tem certeza? Será que o médico não pode salvá-lo?

— Menina, a morte é algo que não entendemos ainda. Sabemos que, ao nascermos, morreremos um dia. Cada um tem sua hora. João Luiz faleceu. A enfermeira me afirmou que ele chegou aqui no hospital morto, que o ferimento dele foi muito grave e que não conseguiria sobreviver. Força! Sinta Deus com você! Tenho de ajudá-la nas providências.

— Senhor Danilo, desta vez tenho dinheiro, vendi uns quadros da casa. Penso que dará para a despesa do enterro.

— Atualmente estou com pouco dinheiro! — Danilo suspirou. — Com a morte de minha Olga, os filhos decidiram dividir tudo o que possuíamos, e um deles está tomando conta do meu dinheiro.

Danilo enxugou umas lágrimas. Noeli olhou para ele com pena.

"O senhor Danilo envelheceu muito com sua viuvez. Deve estar sentindo muito a falta de dona Olga. Que tristeza os filhos fazerem isto com ele, dividir os bens materiais e controlar seus gastos."

Os dois foram para o carro, o neto dele esperava-os; entraram no veículo. Ela viu que o banco de trás estava sujo de sangue.

— Sujei muito o carro! — exclamou ela sentida.

— Não faz mal, em casa vou pedir para a empregada limpá-lo — falou Danilo. — Vou deixá-la no solar. Quando estiver pronta, venha para a minha casa e eu a levarei novamente ao hospital. Você deixa a roupa de João Luiz para o vestirem para o velório. Em seguida, vamos à funerária e, depois, ao cemitério.

Em casa, Noeli pegou o dinheiro guardado e contou.

"Tomara que este dinheiro dê para as despesas. Vou me trocar, não dá tempo de esquentar água para o banho."

Estava muito suja. Tirou a roupa, limpou-se com a toalha, trocou-se e colocou a roupa ensanguentada de molho. O mais rápido que conseguiu, trocou a água das galinhas e jogou milho para elas. Chorando, escolheu uma roupa para João Luiz.

"Meu Deus, sozinha de novo! Choro por ele ou por mim? Acho que estou com mais dó de mim. Com certeza, João Luiz será socorrido e ficará bem no plano espiritual."

Foi para a casa de Danilo, ele a esperava.

— Vou dirigindo. Entre, menina; sente-se no banco da frente. Valdete limpou o banco, depois limpará novamente.

Foram ao hospital, onde ela deixou a sacola com a roupa que vestiriam em João Luiz. Ela escolheu a que ele mais gostava. Depois, foram à funerária.

— Vou escolher esse caixão: é de criança, branquinho, e posso pagar.

Noeli tentava se controlar, mas as lágrimas escorriam abundantes por seu rosto. No caminho do cemitério, ela falou:

— Senhor Danilo, a ausência das pessoas de que gostamos é muito difícil. João Luiz era como uma criança inocente e que sofreu muito. Acostumei-me com ele e, com certeza, sentirei saudades sozinha. Estou com pena de mim.

— Entendo você. Mas me responda: O que seria melhor, você ficar sozinha ou seu amigo? Se tivesse morrido primeiro, será que deixariam ele continuar morando no solar? O que seria do seu amigo? Por amor, deve pensar que foi melhor ele partir antes de você. Não fique com pena de si, não cultive a autopiedade. Quando amamos, realmente preferimos sofrer no lugar do outro. Penso que Deus lhe deu esta graça, achou que você era mais forte do que sua mãe, por isso a levou primeiro. Agora, foi seu amigo e, ficou novamente sozinha. Tenho pensado nisto. Se estivesse no Além e visse o que meus filhos estão fazendo, porque com certeza fariam a Olga a mesma coisa, iria sofrer mais. Prefiro sofrer do que ver minha Olga sofrer. Não tenho dinheiro para mais nada. Disseram que eu fazia muitas caridades e que precisavam me controlar. Eles fazem a despesa da casa, mas não me dão nenhum dinheiro. Não tenho nenhum centavo no bolso. Baseado nisto é que tenho a certeza de que foi melhor Olga ir antes de mim para o Além.

— Sinto muito, senhor Danilo, não merece isto — Noeli tentou confortá-lo.

— Será que não? Tenho pensado em tudo o que me acontece e tento tirar lições que precisam ser aprendidas.

Ao chegar ao cemitério, padre Ambrózio estava lá.

— Noelma, meus sentimentos! Soube o que aconteceu e vim ajudá-la. Onde quer enterrá-lo?

— No túmulo dos meus avós — ela respondeu.

— É justo — comentou Padre Ambrózio —, ele é da família, neto de Maria e Antonieto. Vou pagar o enterro de João Luiz, era meu afilhado. Vou pedir para abrir o túmulo e aproveitar para colocar os ossos de seus avós numa repartição e deixar uma gaveta vaga.

Volte ao hospital que cuido de tudo aqui. Você trouxe os documentos dele?

— João Luiz não tinha documentos, ele os perdeu. Como mudavam muito de cidade, nem sabia onde foi registrado.

— Vou resolver isto também — afirmou padre Ambrózio.

— Obrigada — Noeli agradeceu.

— De nada. Gostava muito do meu afilhado, vou sentir sua falta.

Danilo a levou ao hospital.

— Deus lhe pague, senhor Danilo!

— Não pude ajudar muito desta vez! — lamentou Danilo.

— Pois me auxiliou muito! Deus o ajudará!

Ele voltou para sua casa. Noeli não esperou muito no hospital, logo pôde ver o corpo sem vida do seu amigo no caixão. Foi junto no carro funerário para o cemitério. Ele ficou na sala da recepção, como sua mãe. Padre Ambrózio providenciou flores, deu a bênção ao corpo, consolou Noeli e foi embora. Foram muitas pessoas; algumas curiosas, querendo saber o que ocorrera. Ela repetiu muitas vezes e escutou vários comentários: "Foi imprudência!"; "Tinha de acontecer!"; "Ninguém morre na véspera! Todos temos a hora de partir!"; "Com certeza está no céu!"; "Ele não podia ter subido pela escada? Escalar uma árvore!".

Padre Ambrózio marcou o enterro para a tarde. Foi muito triste para Noeli ver fechar o túmulo. Nalva esperou-a e lhe deu carona para voltar para casa.

Ao chegar a seu lar, Noeli percebeu que logo choveria.

"Novamente, o céu chora comigo!"

Trocou de roupa, foi tratar das galinhas e depois foi fazer uns remédios, para não passarem do tempo de imersão. Foi à cozinha e escutou Nalva a chamar.

— Trouxe-lhe sopa. Coma, Sofia! Precisa se alimentar.

Noeli agradeceu e tomou a sopa. Viu que ainda estava suja de sangue, esquentou água e tomou banho. Ao entrar no quarto e ver a cama que João Luiz usava e que agora ficaria vazia, chorou muito. Pegou as bonecas e aconchegou-as, há tempos não as pegava.

— Estou sozinha de novo!

Adormeceu, estava cansada. Acordou no outro dia sentindo muitas dores, seu pé e tornozelo estavam muito inchados. Levantou-se e foi trabalhar.

"Tenho de planejar o que irei fazer. Não dou conta sozinha."

— Sofia — disse uma vizinha que morava do outro lado da rua —, mamãe está com muita dor de cabeça, vim buscar um remédio. Continuará a fazê-los? João Luiz fará falta! Meus filhos choraram quando souberam, todos gostavam dele.

— Pretendo, sim, continuar fazendo os remédios — respondeu Noeli.

Naquela tarde, doou toda a roupa do seu afilhado para as crianças pobres. Pensou em guardar alguma coisa, mas preferiu que estas fossem úteis, não ficou com nada.

"Lembranças, guardamos na nossa mente", pensou determinada.

Tinha pouco dinheiro.

"Ainda bem que padre Ambrózio pagou as despesas do cemitério e das flores."

No outro dia à tarde, foi comprar o que faltava. Levou para casa pouca coisa.

"Se não for buscar comida, passarei fome. Isto é pedir. Lição para meu orgulho."

À noite, leu um texto do Evangelho e depois duas páginas do caderno onde estava a tradução de textos do livro de Kardec.

Viu sua avó Maria, que lhe disse:

— *Pudemos ajudar João Luiz. Ele logo estará bem. Por enquanto, ele dorme tranquilo.*

— Ainda bem! — exclamou a solitária moradora do solar. — Quero mesmo que meu afilhado esteja bem. Continuarei aqui sozinha. Tenho de me acostumar com a solidão!

9º capítulo: No hospital

Com muito pouca coisa para comer, na quarta-feira à tardinha, no horário que João Luiz ia buscar sopa na casa de Nalva, ela foi. Bateu na porta, e a vizinha se assustou ao vê-la.

— Sofia? O que faz aqui?

— Vim, dona Nalva, buscar a sopa — ela respondeu.

— Sopa?

— João Luiz não vinha buscar todas as quartas-feiras? Pensei que a senhora pudesse continuar me dando...

— Sim, é que... — Nalva se encabulou. — De fato, João Luiz sempre a buscava. Hoje é aniversário de minha irmã, vamos à festa, e não fiz o jantar. Vou dar algo para você comer.

— Não precisa!

Nalva entrou e veio logo após com um saco de papel.

— Na quarta-feira que vem, pode vir buscar — disse a vizinha.

— Obrigada e boa noite!

Noeli pegou o pacote e se afastou.

"Meu Deus! Que situação! Achava que era difícil pedir, mas não calculei que fosse tanto. Coitado do João Luiz, fez isto tantas vezes e não comentava quando não dava certo. Dona Nalva foi simpática; se não, escutaria: 'Hoje não tem, passe outra hora'. Se ainda tinha algum orgulho, este foi sufocado. Sou uma mendiga!"

Ao passar pela casa de Celeida, esta a viu e a chamou.

— Sofia! Aonde foi? À casa de Nalva? Você virá buscar comida? Nalva não fez o jantar, vai a uma festa, mas eu fiz, vou dar a você. Espere aqui.

Pegou a vasilha da mão dela, entrou na casa. Noeli ficou esperando, esforçando-se para se controlar e não chorar. Logo, Celeida voltou e entregou a vasilha para ela.

— Obrigada, dona Celeida! Muito obrigada!

Noeli voltou para casa muito triste e andando devagar, doía muito seu tornozelo. Não estava sendo fácil caminhar, e mancava muito.

Nalva lhe deu pão, que estava duro, mas a comida de Celeida estava gostosa; jantou e guardou o resto para o almoço do outro dia.

Viu sua mãe.

— *Filha, a vida que temos é a que necessitamos para aprender a progredir. Esforce-se para ficar bem, por favor. Se está sofrendo é porque ainda é orgulhosa.*

Gostou de ter visto sua mãe, mas ela não conseguiu consolá-la. Sentia vergonha, estava cansada, sozinha e muito humilhada.

No outro dia, Hortência, uma mocinha de dezesseis anos, a procurou.

— Sofia, desde os dez anos tenho ajudado meu pai no trabalho na roça. Nesta época do ano, tem pouco trabalho e não tenho ido com ele para a lavoura. Quero muito melhorar de vida. Pensei em procurar emprego em casas de família, de empregada doméstica, mas não sei me comportar nem limpar uma casa chique. Você não me ensina?

— Também não sei muito, mas o que sei, posso ensiná-la.

Assim, Hortência passou a ir todos os dias ao solar e ajudava Noeli a lavar os cabelos.

— Você não fará isto como empregada; me ajudando a lavar os cabelos, aprenderá a lavar os seus, e farei uma pomada para você passar no rosto, para que fique com a pele bonita.

Com paciência, a moradora do solar ensinou Hortência a se comportar, a se alimentar com talheres, a falar corretamente e a fazer serviços de casa.

— As casas aonde você irá procurar emprego são diferentes deste solar — comentou Noeli. — O importante é prestar atenção no que lhe for explicado, perguntar se tiver dúvidas e fazer tudo do melhor modo que conseguir.

Assim, todos os dias Hortência ia ao solar, e Noeli repartia com ela seu alimento.

Ia buscar o jantar ou o almoço três vezes por semana, fazia isto com dificuldade e se sentia envergonhada, às vezes ficava vermelha, mas não tinha outro modo. Foram muitas as vezes que dormiu com fome.

Numa manhã, ao acordar, viu que lhe roubaram várias galinhas, ficaram somente cinco. Chorou.

"Se estava ruim, ficou pior", lamentou.

Ao saber que Hortência dormia no chão, deu a ela a cama e o colchão que estavam em seu quarto.

— Obrigada, Sofia! — agradeceu Hortência contente. — Dormiremos nela, minhas duas irmãs e eu. Foi um presente maravilhoso.

— Dona Nalva — pediu Noeli, quando foi buscar a sopa —, a senhora não ensina Hortência a ser uma boa empregada? Ela poderá ajudá-la nas tarefas domésticas por um mês a troco somente do almoço. Ensinando-a, estará fazendo uma caridade. Por favor!

Hortência foi, no outro dia cedo, trabalhar para Nalva. E ela vinha aos domingos ao solar ajudá-la a lavar os cabelos.

A mocinha aprendeu, ficou dois meses com Nalva, depois arrumou um emprego e estava muito contente. Noeli fez isso com outras garotas: ensinava-as a se comportar, a se alimentar, a falar e a fazer o básico numa casa. Depois, Nalva ficava com elas, que aprendiam e conseguiam emprego.

A vida da solitária moradora do solar era rotineira: buscava comida, lia à noite, escutava o rádio e passava por muitas necessidades. Com dois médicos e o hospital, as pessoas pegavam menos os remédios e, com o roubo das galinhas, os ovos diminuíram e não tinha nada para vender.

Mesmo com dificuldades, pois estava enxergando pouco, lia com a lupa o Evangelho.

E assim, com muitos problemas, Noeli completou cinquenta e três anos. Aniversário que passou sozinha. À noite, ela viu sua avó e sua mãe, que vieram cumprimentá-la. Alegrou-se e dormiu contente.

— Sofia! — gritou Nalva de manhãzinha. — Vim avisá-la que o senhor Danilo faleceu. Vou ao velório. Se quiser ir comigo, venha à minha casa em trinta minutos, que a levo e trago.

Noeli se entristeceu. Mesmo sem ter tido muito contato e conversar raramente com Danilo, ele era a pessoa com quem podia contar. Aceitou ir com Nalva, foi se trocar chorando, fechou a casa e foi à da vizinha. Ela estava andando com muita dificuldade, sentia muitas dores musculares nas costas, por estar sempre torta, no tornozelo e no pé.

Foi triste ver seu protetor no caixão, sentou num canto na sala e orou por ele.

"Meu Deus, que os 'obrigadas' e 'Deus lhe pague' que lhe disse sejam bênçãos a este homem bondoso. Ilumine seu caminho rumo ao plano espiritual. Que ele seja acolhido pelos bons espíritos e que possa se encontrar e ficar com dona Olga."

— Noelma — disse padre Ambrózio sentado ao seu lado —, como está? Cadê a luz que a clareava? Ao vê-la, vi uma claridade em volta de você. Penso que estou velho e não estou enxergando direito. O que estava fazendo?

— Orava, padre Ambrózio. Rogava a Deus por esse ser bondoso.

— É.... talvez seja a luz da oração. Continue orando.

O sacerdote foi requisitado para conversar com alguém, e Noeli, ficando sozinha novamente, continuou orando por seus entes amados: por Danilo, João Luiz, sua mãe e a avó. Não demorou muito, Nalva chamou-a para ir embora. Ela agradeceu a vizinha e ficou triste em casa.

"Novamente me entristeço por mim. Se precisar de ajuda, quem me socorrerá? Com certeza, o senhor Danilo ficará feliz, foi um homem do bem, fez muitas caridades."

Passadas duas semanas de que Danilo desencarnara, Rosinha, a filha dele, chamou por Noeli no portão.

— Noeli — disse Rosinha, que a chamava pelo nome por ter estudado com ela —, você sabe que papai faleceu e que, por isso, nos desfizemos da casa em que ele morava. Aquela residência estava velha, precisando de reforma. Tiramos os móveis, e agora ela está vazia. Decidimos vendê-la, colocamos à venda. Vimos que a fiação elétrica está perigosa e pedimos para desligar a energia. Não achamos certo pagar pela energia sem usá-la. Vim avisá-la que a qualquer momento você ficará sem eletricidade. Quanto à água, decidi pagar e você poderá continuar usando. Porém, se o novo proprietário não quiser pagar a água para você, ficará sem ela.

— Água?! O senhor Danilo pagava pela água que uso? — Noeli se admirou.

— Você não sabia?

— Não, sabia somente da energia elétrica.

— Papai era assim mesmo, fazia muitas caridades! — exclamou Rosinha.

— Obrigada, Rosinha, por me avisar e por continuar pagando a água para mim.

— É que tem flores nos canteiros que mamãe cultivava. Estou vindo aguá-las e, quem sabe, se o novo morador gostar delas, preservará os canteiros.

Rosinha foi embora, e Noeli ficou desolada.

"Não terei as lâmpadas nem o rádio, acostumei--me com ele. Foi ingenuidade minha, usava d'água e pensei que a prefeitura não me cobrava. Gastava e gasto com a horta muita água, e o senhor Danilo pagava por ela. Que Deus o abençoe!"

No outro dia, ao entardecer, a luz não mais acendeu. A moradora do solar não conseguiu mais ler à noite, acendia somente uma vela e a levava por onde ia. Sentiu muita solidão. Dormia cedo, acordava de madrugada e, nas primeiras claridades do sol, já estava trabalhando.

"O que farei se ficar sem água?", pensava aflita.

Numa tarde, escutou palmas no portão, foi atender. Era uma moça que não conhecia.

— Senhora — disse a moça —, preciso lhe comunicar algo.

Noeli foi até o portão e cumprimentou a visita.

— Boa tarde! Pois não?

— Senhora, trabalho na prefeitura. O prefeito eleito está organizando vários imóveis irregulares. Desta casa, o imposto não é pago há muitos anos. Está muito irregular, e o proprietário, pelo que nos consta, está sumido. Não é isto?

— A senhora está certa — respondeu Noeli. — O senhor Pietro, o proprietário, há muitos anos viajou e não voltou, não deu notícias.

— Esta propriedade será da prefeitura por não ter os impostos pagos. A senhora pode quitar esta dívida?

— Não, senhora, não posso.

— Por este papel — a moça entregou um envelope a ela —, a senhora está sendo notificada de que terá de desocupar o imóvel, pois este pertencerá à prefeitura.

— O que farão com esta casa velha? — perguntou Noeli.

— Será, com certeza, desmanchada, e o terreno vendido. A área é grande, uma construtora fará um prédio. É o progresso!

A moça se despediu, e Noeli, segurando com força o envelope, entrou na casa.

"O que farei? Estou sem energia, com certeza ficarei logo sem água, e a prefeitura quer desmanchar a casa. Terei de morar na rua?"

Chamaram-na novamente ao portão, era uma vizinha moradora do outro lado da rua.

— Vim ver se tem remédio para dor de cabeça.

— Tenho, sim, vou pegar para você — respondeu a solitária moradora da casa.

Com a mulher, estavam duas meninas. Noeli percebeu que as crianças estavam tristes.

— Por que vocês, meninas, estão tristonhas? — quis ela saber.

— É porque o Natal se aproxima, e eu disse a elas que não ganharão presentes. Não tenho como comprar nada — respondeu a mulher.

Noeli pegou o remédio, depois foi ao seu quarto e pegou as bonecas.

— Vocês foram meu consolo. Gosto de pegá-las e pensar que são minhas filhas. Agora está na hora de terem outras mãezinhas.

Voltou ao portão e deu as bonecas.

— São presentes!

As meninas se alegraram, pegaram as bonecas e agradeceram. Noeli sorriu com a alegria das garotas. Ficou o resto do dia pensativa e, por mais que pensasse, não conseguia encontrar uma solução. Viu sua avó, que lhe deu notícias.

— João Luiz está muito bem, ele tem orado muito por você. Calma, minha neta, você não ficará na rua.

No outro dia, domingo, Hortência foi ajudá-la a lavar seus cabelos.

— Sofia, por que você não vai se consultar com o médico no hospital? Está muito magra, pálida e ofegante. Se quiser, vou com você. Eles atendem no domingo. Tenho a tarde de folga. Tome banho, troque de roupa e vamos.

Hortência insistiu, e Noeli foi com ela. No hospital, a atendente informou:

— Doutor Daniel logo atenderá. Aguarde um pouquinho.

O médico a atendeu, era a primeira vez que Noeli era examinada.

— A senhora ficará internada — determinou o médico.

— Como? Eu?

— Sim, a senhora. Está muito fraca, vou pedir para a enfermeira encaminhá-la para o internamento, irá tomar soro com medicamentos.

Noeli ia protestar, mas o médico saiu da sala.

— Fique internada — aconselhou Hortência. — Passarei pela sua casa e tratarei das galinhas, agora são poucas.

A enfermeira ajudou-a a trocar de roupa; tirou a sua, colocou uma camisola do hospital e aplicou o soro. Trataram-na bem, e se alimentou.

"Que maravilha estar aqui internada! Estou sendo servida. Obrigada, meu Deus!"

O quarto era grande, com várias camas, e três estavam ocupadas. Num leito, estava uma garota: era Mariana, neta de Ângela, sua vizinha, que estava muito doente.

Ângela, ao visitar a neta, foi conversar com Noeli.

— Sofia, você também está doente?

— Somente fraqueza, logo estarei boa.

— Não foi isso que me contaram. A enfermeira me disse que você está enferma e que ficará dias internada. Mariana, minha neta, não está nada bem; ela tem câncer e hoje está chorosa porque seus cabelos, pelo tratamento, estão caindo. Ficará careca!

Quando as visitas foram embora, Noeli chamou por Mariana, que veio para perto do leito dela.

— Não posso levantar com o soro — falou Noeli. — Você está chorando? Por quê? Ficará sadia de novo.

— Careca! Veja como meus cabelos caem! — Mariana passou a mão na cabeça, e esta se encheu de cabelos.

— Você pode usar uma peruca — Noeli tentou consolá-la.

— Meus pais estão gastando muito com o meu tratamento, e peruca custa caro. Minha tia conhece uma pessoa que faz peruca, mas tem de ter os cabelos.

— Pois já tem. Gosta do meu? É comprido e com certeza dará uma boa peruca.

— Você me dá? — Mariana se animou.

— É seu!

A garota sorriu, conversou com a tia, e combinaram que, no outro dia, a mulher que fazia perucas iria cortar os cabelos de Noeli.

Acabou o soro, foi colocado outro, e Noeli dormiu tranquila. No outro dia, ela perguntou à enfermeira quando ia ter alta, e a moça respondeu que ela ficaria uns dias no hospital. À tarde, seu cabelo foi cortado. Ela se sentiu mais leve.

— Seus cabelos são bonitos, sadios, não têm nenhum fio branco, darão uma bela peruca! — exclamou a mulher.

— Obrigada, Sofia! — agradeceu a mãe de Mariana. — Posso fazer alguma coisa por você?

— Não preciso de nada, obrigada.

— Eu queria uma peruca. E você, Sofia, o que quer? — perguntou Mariana.

— No momento, o que me vem à cabeça é: se eu morrer, gostaria que, no meu velório, tivesse algumas flores.

Passaram a conversar outros assuntos. À noite, veio outro médico examiná-la.

— Sou o doutor Andrade. E você, quem é?

— Chamo-me Noellii, Noeli, Sofia e Estranha — ela respondeu sorrindo.

O médico a olhou e ficou por um breve instante parado; depois falou baixinho:

— Esqueci o termômetro, vou buscá-lo.

Saiu de perto dela. Noeli, por não enxergar bem, não reparou no médico, mas o acompanhou com o olhar; ele conversou com uma enfermeira perto da porta.

— Seu estado é grave mesmo? — perguntou o médico.

— Sim, o doutor Daniel afirmou que seu estado é grave, seu coração está fraco.

— Vou examinar e ver os exames que ela fez.

"Não era, para daqui, escutá-los", pensou Noeli. "Talvez eu o tenha feito para me preparar. Se eu morrer agora, nada muda, quero continuar calma, tranquila e grata."

Os dois, médico e enfermeira, saíram da sala conversando.

— Essa enferma não tinha os cabelos bonitos? — perguntou doutor Andrade.

— Tinha até hoje à tarde. Ela os doou para Mariana fazer uma peruca porque a garota, pelo tratamento, está ficando careca.

Doutor Andrade entrou em sua sala dizendo que ia pegar o termômetro, mas foi desculpa, pois este estava no seu bolso.

"Estranha! Reencontro-a após tantos anos, enferma e mais feia. Ela não me reconheceu! Aqui no hospital sou chamado pelo meu sobrenome, não sou chamado de Antero. Nem sei por que, sempre me lembrei dela e de seus cabelos lindos. Aquela brincadeira sempre me incomodou. Doou os cabelos bonitos! Vou examiná-la."

Retornou à enfermaria e examinou-a; conversando, soube que ela estava sozinha e muito doente.

Constatou que seu coração estava enfraquecido e que, a qualquer momento, deixaria de bater.

— Você deve continuar o tratamento — aconselhou doutor Andrade.

— Ficarei muito tempo aqui?

— Sim, pelo menos uns dez dias.

Ao ficar sozinha, pensou muito e pediu para uma enfermeira telefonar para o emprego de Hortência e pedir que ela viesse ao hospital, que desejava vê-la.

A moça veio no outro dia, à tarde.

— Hortência — falou Noeli —, vou ficar uns dias internada. Por favor, pegue as galinhas e leve para sua casa e que elas lhes sirvam de alimento.

— Você tem certeza? Gosta tanto daquelas aves... — falou Hortência.

— Não tenho alimento para elas, não quero me preocupar pensando que minhas aves ficarão com fome. Vim para o hospital com minha melhor roupa; se eu morrer, devo ser enterrada com ela. Se isto ocorrer, eu falecer, você sabe onde escondo a chave da casa: entre e pegue para você tudo o que está lá, o que quiser, e distribua o resto aos seus vizinhos. Tenho poucas coisas, e estas são de vocês. Os remédios, tem alguns prontos, estão na prateleira da cozinha. Marquei-os para que servem, peça aos seus vizinhos para pegarem.

Hortência prometeu fazer o que lhe fora pedido. Noeli agradeceu-a, e a moça se despediu.

"O que restar", pensou Noeli, "livros e quadros da escada, que a prefeitura os pegue ou que virem entulhos com a casa".

Doutor Andrade foi, no outro dia, examiná-la. Depois de o fazer, sentou-se numa cadeira ao lado do leito. Contou a ela que era casado, tinha dois filhos, que fora para aquela cidade em busca de um lugar mais calmo para criá-los.

– Com certeza gostarão daqui – falou Noeli.

– Você é sozinha? Não se casou? – perguntou o médico.

– Não me casei, mas amei. O amor, na vida da gente, é como uma flor a enfeitar.

– Por que não se casou com ele?

– Ele nem ficou sabendo deste amor – respondeu a enferma. – Foi uma brincadeira!

Se ela estivesse enxergando bem, teria visto que o médico empalideceu. Ela continuou contando:

– Sempre fui feia, estranha, por isso o apelido, mas tinha, tenho, sentimentos; este rapaz foi o único que me deu atenção, e eu o amei.

– Você o perdoou pela brincadeira? – perguntou doutor Andrade, esforçando-se para não se emocionar.

– Não houve motivos para perdoá-lo. Foi assim...

Ela contou do encontro, que escutou os rapazes conversando na área, e terminou:

— Eram jovens inconsequentes, não fizeram por mal, e foi bom, tive um amor. Amei-o. Desejo a ele que seja muito feliz!

A enfermeira chamou pelo médico.

— Voltarei mais tarde. Fique bem — desejou doutor Andrade.

"Por que será que senti vontade de contar a ele essa história?", pensou Noeli, perguntando a si mesma. "Isso pertence ao passado. Somente mamãe soube disso. Espero que esse médico não conte a ninguém. Doutor Andrade me deu atenção, foi perguntando, e eu respondi. Contei a ele por isso, pela atenção que me deu. É melhor esquecer essa história de vez. Mesmo se ele perguntar, não vou falar mais desse amor. Este sentimento ocupou um espaço no meu coração que não foi dividido. Ainda bem que foi somente um pedacinho. Porque o amor que ocupou o espaço maior foram muitos e muitas vezes dividido. E isto só me fez bem."

Doutor Andrade saiu de perto de Noeli, foi atender outros enfermos. Ao ficar sozinho, ele pensou:

"Que Deus me perdoe! Nunca pensei que uma aposta, uma brincadeira, pudesse ter feito uma pessoa sofrer. Ela me contou um segredo, e eu não vou contar a ninguém que a Estranha amou, teve um amor. Ainda bem que Noeli não me reconheceu. Ela amou o Antero, e hoje sou o doutor Andrade. Pelo que ouvi, ela sofreu muito. Vou tratá-la bem, ela merece."

Aborrecido pela brincadeira de juventude, pois nunca lhe passara pela cabeça que, por um simples encontro, ela pudesse ter se enamorado e sofrido, sentiu remorso. Duas vezes por dia, ia à enfermaria onde Noeli estava e conversava com ela, mas não tocou mais no passado. A enferma piorava, não conseguia mais se levantar do leito.

Mariana ficou totalmente careca, mas a peruca ficou pronta, e ela sentiu-se bem, pois a peruca ficou muito bonita.

— O que vocês fazem quando alguém sem condições financeiras falece? Como enterram? — perguntou Noeli a uma enfermeira.

— Avisamos à assistência social do hospital, e eles fazem o enterro — respondeu a moça.

Padre Ambrózio veio visitá-la e explicou:

— Venho toda semana ao hospital fazer uma visita aos enfermos; cada vez que venho, vou a uma ala.

— Que bom o senhor ter vindo! — exclamou Noeli. — Queria falar com o senhor.

— Quer se confessar?

— Não. Estou achando que vou morrer. Isto não me assusta. Vivi nesta vida sem fazer maldades, tentei ser honesta e orei muito. Quero lhe pedir um favor, que faça meu enterro ou verifique se a assistência social o fará. Gostaria de ser enterrada no túmulo de meus avós. O senhor fará isto por mim?

— Se eu não morrer antes, farei. Você está sendo bem cuidada, melhorará e logo voltará para sua casa.

— Casa? Acho que não tenho mais casa. O senhor Danilo, meu bondoso ex-vizinho, pagava para mim a energia elétrica e a água; com sua morte, os filhos desligaram a energia, e Hortência me contou que não tem água no solar, deve ter sido também desligada. A prefeitura está desapropriando a casa porque há muitos anos não é pago o imposto. Se realmente melhorar, gostaria que o senhor me ajudasse a ir para o asilo na cidade vizinha.

— E os seus remédios? — o padre quis saber.

— Enquanto pude, os fiz. Não há como fazê-los sem água, as plantas têm de ser aguadas.

— Espero que você melhore. Noelma, quando estiver bem, vou conseguir para você uma vaga no asilo.

— E se eu morrer? — perguntou Noeli.

— Vou lhe dar as bênçãos e fazer o que me pediu.

— Muito obrigada!

— Você acredita que "obrigados" e "Deus lhe pague" são bênçãos? — perguntou o sacerdote.

— Sim, acredito.

— Vou tentar ser mais caridoso para receber essas bênçãos. Fique com Deus! — Padre Ambrózio se despediu.

Doutor Andrade, sempre que passava pela enfermaria, cumprimentava-a e perguntava como estava.

Noeli não se queixava. Fazendo repouso, as dores se amenizaram, seu tornozelo doía menos, não passou mais fome, mas estava ofegante, respirava com dificuldade.

— Estou bem, obrigada! — respondia sempre.

Antero de Andrade não conversou mais com ela assuntos particulares. Era gentil com todos os enfermos e mais com ela.

Naquela tarde, observou-a melhor.

"Está muito magra, poucos dentes, e estes, estragados; com os cabelos curtinhos, parece, ao mesmo tempo, idosa e criança. Ela está morrendo, a medicina não tem como ajudá-la. Pelo que me contaram, ela estar aqui é o retorno do muito bem que fez. Não morrerá sozinha e está tendo o conforto de ser amparada."

— Noeli, se quiser alguma coisa, é só pedir. Quer comer algo diferente? — perguntou doutor Andrade, desejoso de fazer alguma coisa à enferma.

— Não, senhor, não preciso de nada. Estou sendo muito bem tratada. Que Deus o proteja e que continue sendo um médico humano e bondoso.

Os olhos do médico se encheram de lágrimas; sentiu, naquele momento, vontade de falar quem era, mas não o fez.

"Ela se encabularia, certamente não iria querer estar diante do amor do passado como está agora."

Completaram-se oito dias que estava no hospital; naquela manhã, tomou o café e depois acomodou-se no leito. Lembrou-se saudosa do passado. Veio à mente cenas de sua infância, as brincadeiras com os avós. Viu quando Pietro se despediu e de como a olhou. Lembrou-se de muitos acontecimentos vividos com sua mãe. Depois, do ferido na área e de João Luiz. Mexeu os pés, olhou-os e os viu perfeitos. Sorriu. Passou a mão na cabeça e sentiu seus cabelos: estes estavam soltos, sedosos e limpinhos. Sorriu de novo. Sentiu-se bem, muito bem, e dormiu tranquila.

10º capítulo: Mudança

— Bom dia, Sofia! — cumprimentou uma enfermeira. — Como passou a noite? Já tomou seu café da manhã? Sofia! Meu Deus!

A enfermeira pegou na mão de Noeli e constatou que estava fria, não sentiu a pulsação. Rápida, foi em busca do médico, encontrou doutor Daniel, e os dois se aproximaram do leito onde estava Noeli. O médico auscultou-a.

— Ela faleceu! Era previsto. Morreu tranquila. A senhora, por favor, tome as providências — pediu o médico à enfermeira.

Sem alarde, para não assustar as outras enfermas, os dois saíram da sala. As providências foram tomadas: tiraram o corpo sem vida de Noeli do quarto, levaram para o local próprio, colocaram a roupa dela, providenciaram um caixão simples, avisaram ao padre e a algumas vizinhas e, numa urna mortuária, foi levada para o cemitério. A notícia se espalhou, de que Noeli dera seus bonitos cabelos e pedira flores em troca. As vizinhas foram ao velório e levaram flores. Até os moradores do outro lado da rua foram, levaram as flores que tinham em casa e pegaram as do solar.

Doutor Andrade, assim que chegou ao hospital, soube do falecimento de Noeli.

"Ela acreditava que a vida continua. Que esta continuidade seja, para ela, de muita paz!", desejou o médico.

— Dona Rosely, a senhora está terminando seu plantão, não é? — perguntou doutor Andrade. — Poderia me fazer um favor? Compre, para mim, um ramalhete de rosas e leve ao velório. Não poderei, até a noite, sair do hospital, tenho um parto e uma cirurgia. Quero dar flores a Noeli.

— O senhor se afeiçoou a ela, conversava com a enferma. Comprarei para o senhor as flores e as levarei ao cemitério.

— Obrigado!

Antero de Andrade sentiu falta de conversar com Noeli e se entristeceu com seu falecimento. Distraiu-se com o trabalho, naquele dia teve muito o que fazer.

Padre Ambrózio organizou tudo, e o velório foi enfeitado de flores.

— Sofia parece estar sorrindo!

— Morreu quietinha como viveu!

— Queria algumas flores e tem muitas!

— O dia está tão bonito! Sofia morreu num dia lindo!

— Sua expressão está tranquila! Ela sorri!

Foram muitos os comentários, não houve choro. Padre Ambrózio deu a benção, e o enterro foi à tarde. Depois de três dias chovendo, o dia estava lindo.

Hortência, com as vizinhas, foram ao solar e pegaram tudo o que lhes podia ser útil: móveis, utensílios de cozinha, a cama e as poucas verduras e legumes da horta.

— Ficarão somente esses quadros feios e os livros — disse Hortência. — Agora a prefeitura pode desmanchar esta casa.

Hortência fechou a casa e deixou a chave onde Noeli escondia.

— Acabaram os nossos remédios! — exclamou, sentida, uma vizinha.

Algumas daquelas mulheres pobres, que, por anos, por qualquer dor, recebiam auxílio, sentiram pena de si mesmas, ficariam sem os remédios da Estranha.

Noeli acordou, abriu os olhos devagar.

— *Sonhei com flores, muitas flores!* — falou baixinho.

Olhou para o lado e viu seus cabelos. Mexeu com os pés e puxou o lençol, viu-os sadios.

— *Continuo sonhando! Nunca sonhei desta maneira.*

— *Bom dia! Como está se sentindo, Noeli?* — uma moça vestida de branco a cumprimentou.

— *Estou bem, obrigada! Acordei? Estou me sentindo estra... diferente* — respondeu Noeli, preferindo não dizer "estranha".

— *Você dormiu por três dias. Acordou e está bem, não é mesmo?*

— *Dormi, acordei e continuo sonhando?*

— *Por que acha que está sonhando?* — perguntou a moça.

— *Meus cabelos, cortei-os* — Noeli passou a mão pelos cabelos —; *meus pés estão iguais; e não sinto falta de ar. Penso que posso me levantar e pular.*

— *Pois então, faça-o. Levante-se e pule.*

Noeli sorriu, levantou-se do leito com facilidade e percebeu que estava com uma camisola muito bonita e limpinha. Olhou para os pés, estavam realmente sadios; as pernas, do mesmo tamanho; estava esbelta; e enxergava perfeitamente. Pulou umas três vezes. Riu.

— *Tomara que demore para acordar!* — exclamou.

— *Noeli* — disse a moça —, *fico contente por estar se sentindo bem, mas você não está dormindo.*

— *Não?!* — perguntou Noeli, parando de pular. — *O que está acontecendo então?*

— *Tem pessoas aí fora querendo vê-la, para lhe dar as boas-vindas. Vou pedir para que entrem.*

Noeli, surpresa, viu suas avó e mãe.

— *Que sonho perfeito! Meu Deus! Vovó! Mamãe!*

Abraçou-as e recebeu muitos beijos.

— *Mamãe, não quero acordar!*

— *Você está acordada, minha querida* — disse Violeta. — *Você desencarnou.*

— *Não me importo de acordar cansada, não depois deste sonho!*

— *Meu bem* — falou Maria —, *preste atenção, você não está dormindo nem sonhando.*

— *As senhoras estão bem? Tudo certo?* — perguntou Noeli, não prestando atenção no que estava lhe sendo dito. — *Agora vou me deitar de novo, dormir para acordar. Amo as duas!*

Deitou-se no leito, acomodou-se. Maria e Violeta sorriram. Noeli fechou os olhos e sentiu dormir.

Acordou horas mais tarde. Abriu os olhos, observou onde estava.

"Sinto-me acordada e no local do meu sonho. Estou com meus cabelos e pés sadios, encontrei-me com vovó e mamãe e, desta vez, foi diferente, elas estavam como eu ou... eu como elas. Será que estou no Além?"

Levantou-se devagar e andou pelo quarto.

"Caminho com facilidade, respiro normalmente, não estou sentindo nenhuma dor. Será que desencarnei?"

— *Boa tarde! Como...*

— *Desencarnei?* — Noeli interrompeu a moça que entrara.

— *Sim, minha querida, você mudou de plano.*

— *No plano físico, não mudei de casa, vivi a vida toda no solar. Agora mudei...*

— *Fez uma grande e boa mudança. Está entre amigos. Logo sua avó e mãe virão vê-la.*

Noeli ficou andando pelo aposento, sentia prazer em caminhar e seu tornozelo não doer. Logo, Maria e Violeta entraram no quarto.

— *Vovó, mamãe, entendi, meu corpo físico morreu, e estou no Além.*

— *Sim, minha neta* — disse Maria —, *você fez uma mudança, está agora entre nós.*

— *Quero saber de muitas coisas* — disse Noeli. — *E vovô Nieto?*

— *Antonieto* — respondeu Maria — *há tempos reencarnou, está bem.*

— *E meus tios? Seus filhos?*

— *Os dois desencarnaram jovens e atualmente estão revestidos do corpo carnal. Visito-os sempre que posso.*

— *Mamãe, quem é meu pai? A senhora sabe?*

— *Pietro* — respondeu Violeta em voz baixa. — *Foi o senhor Pietro quem me estuprou. Ele era obsediado, estava perturbado, mas não teve justificativa para seu ato maldoso. Ele sabia, como também dona Eleodora. Pietro foi para a Índia, entrou num mosteiro, se livrou da obsessão, contraiu uma febre e desencarnou. No momento, está reencarnado na Índia.*

— *Por que estou com meus cabelos? Por que estou sadia?* — perguntou a recém-desencarnada.

— *Suas deficiências* — respondeu Maria — *foram do seu corpo carnal. Seu espírito se tornou sadio pela resignação com que sofreu. Deu as suas bonecas que gostava e desapegou até de seus cabelos, que são tão lindos. Fez uma boa ação ao doá-los. Eles são seus. Seu períspirito é sadio e harmonioso; logo, bonito. Você está com os dentes sadios, corada e com seus cabelos longos.*

— *Vovó* — Noeli quis saber —, *Antônio, que desencarnou na área, fora, na encarnação passada, o senhor Tomás?*

— *Você está muito curiosa! Sim, minha neta, Antônio foi Tomás. Pudemos socorrê-lo, e ele tem se esforçado para aprender aqui no plano espiritual e ser útil.*

— *Será que tem como eu ler os livros de Allan Kardec?* — perguntou Noeli.

— *Não somente ler, mas fazer parte de um grupo de estudo* — respondeu Maria. — *Pensando que você iria querer isso, decidi levá-la depois ao grupo que está estudando* O Livro dos Médiuns. *Você irá gostar.*

— *Você deixará o hospital* — informou Violeta —, *está nesta ala somente para se recuperar. Irá para nossa casa.*

A recém-desencarnada se entusiasmou, não sabia se ria ou chorava de emoção, era muita alegria morar com a avó e a mãe novamente; preferiu rir e o fez, trocou-se, colocou uma roupa bonita.

— *Esta roupa é meu presente!* — exclamou Maria.

— *É linda!*

Saíram do hospital, atravessaram a rua, andaram alguns quarteirões. Noeli não se cansou ao caminhar, olhava tudo encantada, as ruas eram arborizadas e limpíssimas. Chegaram à casa onde moravam Maria e Violeta.

— *Esta casa é também sua! Venha conhecer seu quarto* — Maria puxou-a pela mão.

Noeli, entusiasmada, conheceu a casa, achou-a linda.

— *Como são lindas as flores aqui!* — exclamou.

Depois de ver tudo, conheceu os outros moradores, tomou um caldo que achou muito saboroso e foi dormir.

No outro dia, andou pela casa, pelo jardim. Ainda dormia muito, oito horas; a avó ou a mãe lhe fazia companhia. Três dias se passaram. Maria a levou para conhecer a colônia.

— *Nunca vi uma cidade tão linda assim. Tudo tão limpinho...*

— *À noite* — falou Maria —, *vou levá-la para o curso. Um grupo de trinta pessoas estuda* O Livro dos Médiuns.

— *Estou ansiosa por esse estudo.*

Foram Maria, Violeta e Noeli à escola, onde, numa sala, o grupo se reunia. Todos estavam com um livro na mão. Noeli ganhou um exemplar. O instrutor pediu para abrirem no capítulo XIII, "Psicografia". Sônia, uma participante, leu o primeiro parágrafo e comentou. Quem quisesse falar levantava a mão e podia fazer perguntas.

Assim, foram lidos e comentados vários parágrafos. Noeli prestou atenção e gostou demais da aula.

— *Vou ler este livro e grifar o que não tiver entendido para depois perguntar ao instrutor. Pena eu não ter começado com o grupo. Não faz mal: quando iniciarem outro, o farei novamente. Vou amar este estudo. Vovó, fui de fato Noellii?*

— *Sim, minha querida. Reencarnamos muitas vezes. Vivemos ora no plano espiritual, ora no físico.*

— *Errei muito como senhora do solar!*

Noeli suspirou sentida e lembranças vieram à sua mente. Viu-se como Noellii pequena, era pobre, e sua mãe, prostituta. Ela viajou com a tia, que era severa e mal-humorada. Foi para um país distante, com costumes diferentes. A tia arrumou um casamento que, na opinião dela, era vantajoso. Noellii nunca amou Tomás nem a filha. Para se entreter, teve amantes e acabou por fazer abortos.

— *Erros* — explicou Maria — *normalmente nos dão alguma forma de prazer. É a porta larga. Porém, os erros, pela lei, têm retornos que nos levam a sofrer. Pela dor, vem o arrependimento e a vontade de acertar. Errar é fácil, mas as consequências não. Ao reencarnar, normalmente pensamos em dominar este condicionamento, não errar mais, mas, para muitos de nós, vencer esta prova é difícil. Somos atraídos a voltar, no plano físico, para afetos ou, infelizmente, a nos ligar pelos maus sentimentos àqueles de quem não gostamos. Também pode ser que retornemos a lugares, como você fez.*

— *Vovó, mamãe, já estivemos juntas em outras vidas? Amamo-nos tanto...*

— *Violeta e eu, sim* — respondeu Maria —, *mas, com você, somente nos encontramos no solar, tivemos muito pouco contato. De fato, nos amamos muito. O importante é isso, aprendermos a amar a todos.*

— *Minha desencarnação como Noellii foi muito diferente desta minha última. Estou gostando tanto de estar aqui... Ainda mais que não estou preocupada com ninguém, com nada.*

— *Eu me preocupei muito com você* — contou Violeta. — *Estar aqui e pensar em você lá me deixava triste. Porém, compreendi que nossa separação era necessária e temporária.*

— *Como é ruim desencarnar desarmonizada... Estou me lembrando de que sofri muito quando deixei o corpo físico na minha encarnação em que fui a senhora do solar.*

— *Infelizmente, você transmitiu ao físico, ao reencarnar, essa desarmonização* — explicou Maria.

— *Acho que tive medo de ser bonita!* — Exclamou Noeli. — *Será que, se tivesse sido bonita, teria vivido como vivi? Ser linda poderia ter sido empecilho para ter feito o que fiz. A beleza física é uma prova?*

— *Pode ser* — respondeu Maria. — *Eu não me preocupei com este aspecto. Fui bonita encarnada e não me fez diferença. Se você achar que ser bonita é uma dificuldade, a beleza pode ser prova para você. Penso, minha querida, que não terá dificuldades para vencer esta prova, isto se você achar que tem de passar por ela. Mas, no momento, há muito o que fazer e aprender aqui. Deve ficar alguns anos no plano espiritual para depois pensar em reencarnar.*

— *Sinto que terei de passar por essa prova e sinto vontade de me testar.*

— *Ela pode ser adiada* — afirmou Maria.

Noeli percebeu que ali todos trabalhavam e, dias depois, indagou à sua avó.

— *O que a senhora faz, vovó?*

— *Trabalho junto aos encarnados, auxiliando-os. Ajudava você a fazer os remédios. Minha neta, quando encarnada, tentei ser útil fazendo os remédios. Vi a graça dentro de mim. Todos nós devemos potencializar a graça que recebemos. Primeiro, ver esta graça, senti-la, potencializá-la e, com ela, fazer o que nos compete, auxiliar a outros com amor. Tento ajudar pessoas doentes. Tudo é energia, doenças também o são. Existem pessoas que, por muitos motivos, aprenderam a ajudar outras pessoas a se curar seja por orações, imposição das mãos e outras maneiras, porque sabem usar a força do amor para iluminar as enfermidades alheias. Doam energias salutares que enfraquecem e até exterminam a energia doente. Você, quando fazia seus remédios, queria sanar a dor do outro, conseguia, foram muitos sofrimentos amenizados. Espero, Noeli, que você, agora desencarnada, venha aprender comigo e, juntas, continuaremos a suavizar dores.*

— *Quero, sim, vovó, ajudá-la. Estou me sentindo bem, vejo todos trabalharem e desejo aprender. E mamãe, o que faz?*

— *Violeta está aprendendo, frequenta a escola, aprendeu a ler, a escrever e também a ser útil. Trabalha numa enfermaria, no hospital.*

— *Doentes, aqui?* — perguntou Noeli admirada.

— *Para desencarnar e se sentir saudável, para ter seu perispírito sadio, é necessário estar bem espiritualmente. Ter sofrido resignada, como você, para a doença ficar somente no corpo físico.*

Fazia nove dias que Noeli estava na colônia. À tarde, ela pegou um livro para ler.

"Quero aprender a trabalhar, a ser útil, e ler é uma forma de aprender. Será que João Luiz já leu O Livro dos Médiuns? *Onde ele está que não o vi ainda? Por que ele não veio me visitar?*

Esforçou-se para se concentrar na leitura, porém ficou pensando no amigo/afilhado. No outro dia, cedo, quando viu sua avó, quis saber dos amigos.

— *Vovó, gostaria de saber do senhor Danilo e da dona Olga.*

— *Olga foi socorrida assim que desencarnou. A atitude do marido, companheiro de tantos anos, ajudou-a. Danilo queria que a esposa ficasse bem e que não se preocupasse com ele e com os filhos. Olga ficou entre nós e tentou ficar bem, como o marido queria. E foram muitas as pessoas gratas que desejaram auxiliar Danilo. Ele desencarnou entre amigos espirituais, foi socorrido e se reencontrou com Olga. Estão juntos e bem, estudam e aprendem a viver desencarnados para serem úteis. Logo que for possível, levo-a para visitá-los.*

— *Gostaria de revê-los e agradecê-los novamente. Vovó, e João Luiz? Por que não o vi ainda? Ele ficou como eu? Sadio e com todos os dentes? Ele está alto?*

— *João Luiz esteve conosco, mas não está mais.*

— *O que aconteceu?* — perguntou Noeli.

— *Ele saiu sem permissão e foi para a crosta, para perto de encarnados.*

— *Como isso é possível?*

— *Temos o nosso livre-arbítrio* — respondeu Maria. — *Uma pessoa, ao desencarnar, é socorrida por merecimento e pode ser auxiliada em muitos lugares, mas ficar nestes abrigos depende de ela querer ou não. Alguns, embora gostando, não ficam.*

— *E aí, o que acontece?*

— *Não estando preparados para ficar perto de encarnados, normalmente se perturbam, podendo até adoecer; complicam a vida deles e a de quem ficam perto.*

— *Mas para onde João Luiz foi? Não foi ao solar, não o vi. Ao circo? Será que quis se vingar dos maus-tratos?*

— *Não* — esclareceu Maria —, *ele não foi ao circo em que trabalhou. Seu perdão foi sincero: se quisesse se vingar, não teria sido trazido para esta colônia. Ódio e desejo de vingança são sentimentos incompatíveis para receber socorro.*

— *Vovó, me explique o que aconteceu com meu afilhado, por favor* —pediu a recém-desencarnada.

— *Socorremos João Luiz no hospital. Porque, ferido, você e Danilo o levaram para lá. Desligamos seu espírito da matéria morta e o trouxemos conosco. Bem-humorado, ficou contente por estar se sentindo bem. Veio para cá, para esta nossa moradia. Nós o ajudamos a mudar seu aspecto. A deficiência era física. Ele ficou alto, sua fisionomia se suavizou. Estava bem. Pegou para ler os livros de Allan Kardec. Então, seu afilhado fez um pedido, queria visitar Gracia.*

— *O amor dele!* — esclareceu Noeli. — *E aí, vovó, ele pôde revê-la?*

— *Ele teve permissão, um instrutor o acompanharia nessa visita. Gracia estava numa cidade distante, em outro país, num circo. João Luiz se entusiasmou, não via a hora de ir. Porém, retornou da visita muito triste, contou para mim e Violeta que encontrou Gracia levando uma vida muito difícil. Tinha três filhos, não trabalhava mais como artista, mas na bilheteria, os filhos eram rebeldes e não a respeitavam. O marido era sócio do circo, tinha uma amante jovem e humilhava Gracia. Ela estava doente e não fazia um tratamento adequado. Por uns dois dias ele falou sobre ela, contou também que o instrutor que o acompanhara forçara-o a voltar. Numa manhã, ao sair para trabalhar, ele me disse: "Vó Maria, quando for possível, diga a Noeli que estou bem. Obrigado por tudo". Ao voltar à tarde, Violeta me contou que João Luiz saíra, fora embora. Deixou um bilhete agradecendo e comunicando que ia se ausentar. Fui atrás dele e o encontrei perto de Gracia. Tentei convencê-lo a voltar; expliquei que ele, sem preparo e permissão, iria logo se perturbar e que ninguém ajuda sem saber. Dei o exemplo de que uma pessoa, não sabendo costurar, por mais que tenha vontade, não fará um vestido. Para costurá-lo, é necessário saber. Seu afilhado me escutou calado e depois me disse: "Vou ficar aqui e seja o que Deus quiser". Voltei sozinha para a colônia, e ele ficou.*

— Isso acontece muito? — quis Noeli saber. *— De desencarnado não ficar aqui e voltar para perto de encarnados? Aqui é tão bonito, harmonioso... Como pode alguém querer sair deste local?*

— Os motivos são muitos — respondeu Maria. *— Muitos se sentem presos ao que julgavam ser deles, as coisas materiais. Erroneamente, sentiam que possuíam e não que administravam temporariamente. Outros sentem-se ligados àqueles que amam. E outros, por motivos específicos, como João Luiz, querem ficar ao lado das pessoas que amam.*

— Não tem também aqueles que querem se vingar? — perguntou Noeli.

— Sim, mas estes nem podem ser socorridos. Respondi a você sobre os que são socorridos e não ficam, voltam a lugares onde estão seus afetos ou objetos. Minha neta, para ser socorrido e estar numa colônia ou em postos de socorro, é necessário merecer. Muitos imprudentes, ao desencarnar, não podem ser

auxiliados porque não se afinam com estes locais de amor. Há muitas moradas na casa do Pai, são muitos os locais onde um desencarnado pode estar. Somos atraídos para lugares afins. Uma pessoa que não agiu corretamente, que fez maldades, não pode estar aqui; nem aqueles que não perdoaram, porque quem não perdoa não é perdoado.

— *Sinto, lembro-me de algumas coisas de minha reencarnação anterior, a minha mudança de plano foi bem diferente desta última. Fiz maldades, não fui perdoada por alguns. Precisei sofrer para pedir perdão.*

— *Graças a Deus que esta foi diferente! Isto é sinal de que você sofreu, aprendeu, esforçou-se e se melhorou.*

— *Queria ajudar meu afilhado. Por favor, vovó, me leve até ele, talvez consiga convencê-lo a voltar.*

— *Vou pedir permissão.*

Maria saiu e voltou logo depois.

— *Posso acompanhá-la para que visite João Luiz. Iremos de aeróbus, um veículo que usamos no plano espiritual para nos locomover. Poderíamos ir volitando, mas preferi usar este veículo para que possa conhecê-lo. Vamos?*

— *Obrigada, vovó, quero muito mesmo conversar com meu afilhado.*

Noeli admirou-se com a viagem. Foram doze moradores da colônia para a crosta.

— *Vamos ficar cinco horas* — informou Maria.

— *Se conseguir convencê-lo, é tempo suficiente.*

O veículo parou num local.

— *Aqui é um posto de socorro* — Maria continuou elucidando. — *Agora vamos volitar. Pegue em minha mão. Não tenha medo.*

— *Não sinto medo, vovó, confio na senhora. Não estou assustada, mas admirada. Tudo é fantástico! Emocionante!*

Segurando firme a mão da avó, as duas se locomoveram; Noeli sentiu como se voasse. Logo viram um circo. A lona grande e colorida ocupava um espaço numa cidade de porte médio. A movimentação no local era muita, os artistas ensaiavam. Logo as duas o viram. Ele estava ao lado de uma mulher, que reconheceram como Gracia. Os dois estavam tristes. Noeli observou seu amigo. João Luiz estava muito diferente, deveria estar com um metro e quarenta centímetros, mais do que quando estava encarnado e tinha noventa centímetros; suas feições estavam modificadas.

— *João Luiz* — explicou Maria — *está voltando a ter a deficiência, isto porque está se perturbando. Era previsto. Normalmente, desencarnados que saem sem permissão e aqueles que ficam a vagar se perturbam e passam a pensar que estão ainda encarnados. Vá conversar com ele, estarei por perto, mas seu afilhado não irá me ver, é melhor assim. Vou ajudá-la.*

Ao se aproximar, as duas repararam na encarnada. Gracia estava apreensiva, preocupada, com certeza passava por dificuldades. Ela tinha expressões bonitas, mas estava envelhecida e com o peso acima do normal.

— *João Luiz!* — chamou Noeli. — *Como vai, amigo?*

Ele olhou para ela, observando-a, depois indagou:

— *Conheço você?*

A filha de Violeta entendeu que ele não a reconhecera por estar se perturbando, conforme Maria lhe explicara.

— *Não se lembra de mim? Sou Noeli, sua madrinha e amiga.*

— *Noeli, Noellii... Não sei. De onde a conheço?*

— *Posso sentar ao seu lado?* — Noeli sentou-se perto dele. — *Você não se lembra do solar, da horta, dos remédios?*

— *Do solar? A casa grande do meu tio Tomás e de sua fogosa esposa? Minhas lembranças estão confusas. Vejo o solar em ruínas e lembro dos remédios... Eu ajudava alguém a fazê-los. Mas quem é você? Noellii ou Noeli?*

Maria, que estava ao lado da neta, falou baixinho:

— *Não fale do passado. Faça-o recordar somente da última encarnação, de vocês dois na casa.*

— *João Luiz, sou Noeli, sua madrinha, você morou comigo na casa grande onde fazíamos remédios para as pessoas doentes.*

— *Gostava de fazer remédios. Você não poderia me ajudar a fazer um para tristeza? Gracia está tão triste! O marido dela tem uma amante, uma artista jovem. Seus três filhos estão com problemas, e ela está doente e cansada.*

— *Vou fazer um para ela* — falou Noeli. — *Você não está se lembrando de mim?*

— Lembro-me de seus cabelos, são bonitos. Você está diferente.

— Você também está diferente! — exclamou Noeli.

— Eu? Não sei!

— João Luiz, preste atenção. Recorde-se! — pediu ela.

Noeli viu Maria dar um passe no seu afilhado. Ele a olhou e, de repente, a reconheceu e exclamou contente:

— Noeli! Sofia! Estranha! Madrinha! Você aqui?!

— Desencarnei, meu afilhado. Meu corpo morreu como o seu. Fui amparada e me preocupei com você, que saiu do abrigo sem autorização.

— Gracia passa por dificuldades, vim ajudá-la.

— Somente ajuda quem sabe. Você, não sabendo, pode atrapalhá-la.

— Não quero atrapalhá-la! Conte-me: Como você morreu? Como está?

— Meu coração parou — respondeu Noeli. *— Estava internada no hospital. Fui socorrida, estou com mamãe e vovó. Gostei demais da colônia e estou contente. Quis revê-lo e me contaram que você saiu da colônia para ficar com Gracia. João Luiz, por mais que a ame, não deve interferir na vida dela. Todos nós temos nossas lições para serem feitas. Você, ficando ao lado dela sem ter conhecimentos, pode obsediá-la, sugar suas energias e prejudicá-la. Lembra da obra* O Livro dos Médiuns, *de Allan Kardec? Você quer se tornar um obsessor?*

— De jeito nenhum! Você acredita, madrinha, que posso prejudicá-la?

— *Sim, tenho certeza. Você, para não se alimentar mais, para não sentir fome, precisa saber como fazê-lo* — Noeli repetia o que Maria lhe dizia. — *Então, agora, para se sentir alimentado, você suga as energias de Gracia, piorando seu estado. Você sofreu e sabe que eu sofri também. Todos nós passamos por dificuldades, não queira fazer a lição para sua amada, não dará certo, porque é ela que necessita passar por estas dificuldades. Não deve ficar perto dela, porque você, não sabendo ajudar, atrapalha. Volte comigo, por favor.*

— *Estou achando que você tem razão. Estou abaixando, diminuindo de tamanho, e minha fisionomia também está mudando. Voltarei a ser anão?*

— *Podemos mudar. O corpo que usamos agora, o perispírito, é modificável. A sua deficiência e a minha eram do corpo físico. Olhe para meus pés, estão sadios. Porém, se você se perturbar, talvez volte a sentir a deficiência do seu corpo e pode, sim, voltar a ter aspecto de um anão. Vim buscá-lo. Volte comigo, meu afilhado! Vamos estudar juntos os livros de Allan Kardec. Desejamos tanto isto! Quando estiver apto, se desejar, pode pedir para vir ajudá-la. Aí será diferente, auxiliará realmente.*

— *Acho que tem razão* — João Luiz suspirou. — *Gracia tem se queixado de que está mais fraca e triste. Vou com você.*

Maria se fez visível para ele.

— *Vó Maria! Ajude Gracia por mim, por favor!* — suplicou João Luiz, abraçando-a.

— *Vou ajudá-la!*

Maria deu passes em Gracia, que suspirou aliviada e exclamou baixinho:

— Graças a Deus estou me sentindo melhor! Vou trabalhar!

Levantou-se e foi para outro local. João Luiz a olhou tristonho.

— *Não quero prejudicá-la, madrinha. Eu a amo!*

— *Eu sei!*

— *Se é para sua tranquilidade, João Luiz* — disse Maria —, *vou levá-los à colônia, depois voltarei e tentarei ajudá-la.*

— *Obrigado, vó Maria, muito obrigado!*

Maria os abraçou e foram para o local onde esperariam pelo aeróbus para voltarem à colônia.

Chegando, madrinha e afilhado se sentaram num canto e conversaram, um contou ao outro como sentiram a desencarnação.

— *Eu* — falou João Luiz —, *ao ser ferido, senti uma forte dor no peito, pensei que tivesse desmaiado, mas desencarnei, dormi para acordar me sentindo bem. Logo desconfiei que havia mudado de plano. Vó Maria e tia Violeta me auxiliaram e, sentindo-me bem, meu aspecto foi mudando, fiquei alto e bonito. Quis rever Gracia. Depois de tê-la visto, desejei ficar com ela e saí escondido da colônia. Será que não posso mesmo ficar com ela?*

— *Não, meu amigo, por agora não* — respondeu Noeli.

— *Estou com sono. Vou cochilar um pouquinho.*

— *João Luiz colocou a cabeça nos ombros de sua madrinha e dormiu.*

— *Eu o adormeci* — falou Maria — *para que ele não sentisse mais vontade de voltar ao circo, para perto de Gracia. Vamos levá-lo dormindo.*

Maria colocou-o numa maca. No horário marcado, o veículo chegou, acomodaram-se e voltaram à colônia.

11º capítulo: A colônia

João Luiz acordou disposto, e Noeli se propôs a ajudá-lo, a ficar em sua companhia incentivando-o a permanecer na colônia. Estudavam, liam juntos, passeavam pela cidade do plano espiritual. Os dois se encantaram com o lugar.

— *O que admiro aqui é que todos são bondosos ou estão se esforçando para ser* — comentou João Luiz.

— *Eu, o que mais admiro é a limpeza. Ninguém suja, joga nada no chão, cuidam de tudo como se fosse deles. Todos cultivam flores, árvores, respeitam a natureza.*

— *As colônias serão, no futuro, imitadas pelos encarnados* — comentou João Luiz.

— *Quando isso ocorrer, as cidades do plano físico serão lindas, moradias ideais.*

Ela tentava de todas as maneiras distrair o amigo, não queria que ele saísse novamente, porque, como

Maria havia lhe dito, não teriam mais permissão para buscá-lo. Se ele saísse escondido, só seria socorrido de novo se pedisse, se rogasse por isso e, provavelmente, iria para outro local, para um posto de socorro.

Os dois conversavam muito.

— *Você já prestou atenção* — comentou João Luiz — *que, dependendo do interesse de quem está aqui, existe uma atividade que mais lhe chama a atenção? Você admira as plantas. Leonice, que mora conosco, as escolas; ela, entusiasmada, fala dos ensinos que se pode obter no plano espiritual. Vó Maria se entusiasma com o trabalho que se pode fazer junto a encarnados. Soledade fala com entusiasmo de como é administrada a colônia. Maria das Dores, no seu tempo livre, vai à biblioteca e está sempre com um livro na mão. Tenho visto jovens entusiasmados com os aparelhos que dispõe esta cidade. Sandro gosta da eletricidade, diz que irá pedir para trabalhar nesta área para aprender; pretende, reencarnado, dedicar-se a esta tarefa. Vi, ontem, um grupo que estuda e pesquisa remédios para sanar doenças.*

— *Isto é maravilhoso!* — exclamou Noeli. — *Penso que se as colônias fossem descritas por vários moradores, cada um destacaria a parte que mais lhe interessa. E você, meu amigo, de que mais gosta?*

— *No momento, tenho um objetivo: aprender para trabalhar com encarnados. Penso em estudar depois, se isto for possível, tudo sobre agronomia. Quero muito que, na minha próxima encarnação, possa dar valor aos alimentos que a terra produz. Podia ter feito isto e não fiz. Também gosto de música, penso em aprender a tocar um instrumento. Você sabia, madrinha, que me chamei João Luiz na minha encarnação anterior a esta? Foi coincidência você me dar este nome ou foi instruída?*

— Foi o primeiro nome que veio à minha mente naquele dia — respondeu ela.

— Quando parei na estrada, fui para o antigo solar como que atraído por um imã. Esperava encontrar o luxo de outrora. Tudo passa mesmo. Você me ajudou muito me deixando ficar, lá foi o meu lar. Como João Luiz, no passado, ia ao solar como visita. Você se recordou de mim?

— Antes de você chegar ao solar — respondeu Noeli *— tive uma visão comigo como Noellii e com João Luiz, vi os dois discutindo na escada.*

— Na discussão, caí e desencarnei. Que mudança de plano aquela a minha! Fiquei no corpo morto não querendo abandoná-lo até na hora do enterro; depois fiquei obsediando, com muita raiva, Noellii, até que desafetos, inimigos que eu fizera, levaram-me para o umbral. Sofri, arrependi-me, pedi auxílio, fui socorrido e logo após reencarnei.

— Você se lembrava de tudo que lhe aconteceu em sua existência passada? — Noeli quis saber.

— O obsessor que me atormentava quando estava no circo me falava sempre do que fizera. Nasci numa família de posses financeiras, meu pai era fazendeiro, proprietário de muitas terras. Era bonito, abusei muito de tudo, gastei muito dinheiro, tanto que quis casar com Eleodora para ficar com o que ela herdara.

Não tive escrúpulos em ser amante da esposa do meu tio. De fato, fiz mesmo tudo de que me lembrei: não respeitei ninguém, estuprei, maltratei, usei de minha condição social, do dinheiro e de minha beleza para dominar e infelicitar pessoas.

— Encontrei, atrás de um dos quadros da sala, em um dos que vendeu, uma carta que pertencera ao senhor Tomás e que dizia que talvez você fosse filho dele.

— Sabia disto — afirmou João Luiz. — *Minha mãe me contara e dissera que talvez isto me fosse útil, mas me afirmou que não era verdade. Não é justificativa, mas minha família, naquela época, não era honesta. Foi uma existência de que me recordo com muita tristeza. No solar, também tive lances de lembranças do passado, do orgulhoso João Luiz. Mas, com receio, não falei nada, temi sua reação, que você me mandasse embora.*

— Também não comentei muito sobre minhas lembranças pelo mesmo motivo, senti medo de você não me perdoar, de querer se vingar, de ficar magoado comigo. No passado, não quis que caísse da escada e desencarnasse; no presente não queria que fosse embora. Por isso não falei.

— Que bom! — exclamou ele. — *Aproveitamos a oportunidade, nos reconciliamos e aprendemos a nos amar como irmãos. Sou grato a Deus por isto. Deveríamos ter comentado nossas recordações, trocado informações.*

— Falar do passado? Acho que agimos certo. O passado não se muda, e é o presente a face importante.

— Nossa vivência no solar já é passado!

— *Passado recente* — concordou Noeli. — *Talvez este deva ser comentado, mas o da encarnação anterior a esta, com tantos erros, é melhor que fique mesmo no passado.*

— *Se recordamos, é porque há motivos. Foi uma oportunidade de aprendizado. O erro faz o errado se desarmonizar e, para ter harmonia, ou é pelo amor, fazendo o bem, ou pela dor. Sofremos, mas também fizemos o bem, principalmente você. Esta nossa encarnação foi de grande aprendizado.*

— *Soubemos por que sofremos. Muitos sofrem sem saber. O importante é não se revoltar e aprender. O presente para mim é que tem importância. Meu presente é de alegria e de aprendizado.*

— *Quero aprender muito* — decidiu João Luiz. — *Conversei com o instrutor do curso dos estudos dos livros de Allan Kardec, ele me afirmou que podemos escolher no que trabalhar e onde. Já escolhi. Vou, assim que possível, fazer parte de um grupo de socorristas que trabalham auxiliando encarnados, farei parte de uma equipe de um posto de socorro no país onde está o circo de Gracia. Neste posto de auxílio, trabalharei determinadas horas por dia, terei tempo para visitá-la e ajudá-la quando necessário.*

— *Você se lembra muito de seu passado. Gracia com certeza é amiga, espírito querido. Já viveram juntos?* — Noeli quis saber.

— *Recordei-me pouco de minhas outras encarnações. É melhor assim. Não fui santo em nenhuma. Gracia e eu já estivemos juntos, encarnados e desencarnados. Eu a amo e fui amado, mas sinto que não procedemos bem. Quando fui o João Luiz e errei muito, não nos encontramos. Não sei se Gracia ainda me ama. Ela não recorda o passado. Esqueceu-se, como a maioria das pessoas, por completo de suas outras encarnações e talvez nem desencarnada se recorde. Muitas lembranças podem ser perturbadoras. Quando estive ao seu lado no mês passado, tentei fazê-la se lembrar de mim no circo; ela não se lembrou, pelo menos não senti. Não sei ainda ouvir pensamentos, mas vou aprender.*

Não falaram mais do passado, tinham suas lembranças. Erraram, harmonizaram-se pela dor e pelo bem que fizeram. Noeli concluiu que foram uma bênção as recordações que teve quando encarnada e que a fizeram entender que tudo o que passara fora um aprendizado. Resolveu não pensar mais no passado, porque é no momento atual que decidimos nosso futuro. Planejou para, no futuro, ser útil e aprender muito.

João Luiz passou a dormir pouco.

— *Madrinha, você é dorminhoca!*

— *Gosto de dormir* — ela se defendia.

— *Vamos ao curso de volitação* — convidou João Luiz —, *depois ao de nutrição, e após irei aprender o idioma do país em que planejo trabalhar. Faço os cursos dos livros de Kardec e amo estudá-los. Não vejo a hora que comece o que ensina a trabalhar junto a encarnados. Agora estou aguardando vó Maria, ela foi visitar Gracia e me dará notícias.*

João Luiz estava inquieto e, assim que viu Maria, indagou:

— *Como está Gracia?*

— *Tirei os dois obsessores que estavam prejudicando o marido dela. Sem estas energias negativas, ele está mais calmo e a tem tratado bem. Os filhos dela também estão mais tranquilos, e Gracia melhorou de saúde.*

— *Graças a Deus! Obrigado, vó Maria!* — agradeceu João Luiz.

Com objetivo definido, João Luiz aprendeu a volitar bem antes que Noeli; entusiasmado, fazia exercícios em casa para aprender a se nutrir, lia muito, aprendeu o idioma que queria e foi fazer o curso de como ajudar encarnados. Maria o levou para visitar Gracia; desta vez ele voltou contente e comentou com sua madrinha.

— *Ajuda realmente o desencarnado que sabe. Vó Maria auxiliou mesmo Gracia: ela está mais sadia, não briga mais, os filhos melhoraram a rebeldia, e ela não se importa com a traição do marido, que começa a enjoar da amante.*

— *Você quer mesmo trabalhar nesse posto de socorro somente para poder ver Gracia?* — Noeli quis saber.

— *Quando retornei para cá, ao ser trazido por você, pensava isto; depois, ao estudar, compreendi que tudo o que fazemos tem que ser realizado com amor. Será uma grande experiência trabalhar com uma equipe de auxílio. Também quero me melhorar, direcionar meus sentimentos para o bem, irei aprender a amar Gracia como irmã.*

Noeli estudava muito e ia quatro horas diárias com a mãe nas enfermarias do hospital da colônia. No começo, até chorava, com pena dos abrigados. Depois compreendeu que dó sem ação não serve para nada. Assim, orava antes e depois e, com carinho, ajudava Violeta a cuidar dos que voltavam ao plano espiritual enfermos da alma. Muitos ali sentiam a dor do remorso. Limpava-os, dava água, alimentos e palavras de consolo e amor.

Enquanto João Luiz estava entusiasmado, Noeli começou a se inquietar e acabou se queixando à sua avó.

— *Gosto muito deste lugar. A colônia é simplesmente encantadora. Todos aqui estão empenhados em ajudar, ensinar e já fiz muitos amigos. Embora tudo para mim esteja perfeito, estou me sentindo inquieta. Sinto que me pedem ajuda. No hospital, tento fazer tudo direitinho. Lá eles não me pedem nada, mas sim à mamãe, que há tempos trabalha ali. Será que estou me confundindo? Por que estou sentindo isto?*

— *Noeli, sabe que minha tarefa é ajudar pessoas que estão na crosta. Quando encarnada, fazia os remédios com desejo de sanar dores. Nenvis, um desencarnado meu amigo, que quando vestiu o corpo físico foi médico, me orientava; depois que mudei para o Além, passamos a trabalhar juntos.*

— *Vovó* — Noeli interrompeu-a —, *ao ouvi-la falar em médico, lembrei-me do doutor Andrade. Ele foi muito gentil comigo no hospital.*

— *Pense nele, no doutor Andrade* — pediu Maria.

— *Nossa! Veio à minha mente que ele pediu para uma enfermeira comprar flores, rosas vermelhas e levar ao meu velório. Que delicadeza! Não entendo. Por que ele fez isto?*

— *Você quis flores no seu velório...*

— *Não quis nada* — interrompeu ela novamente. — *Só achava triste velório sem flores.*

— *Quando deu os cabelos para Mariana fazer uma peruca, pediu flores.*

— *O que eu fiz? Não as queria realmente. Coitadas das flores que enfeitam velórios. Flores devem enfeitar a vida.*

— *Lembre que a vida é una. Pense, minha neta, no doutor Andrade* — pediu Maria.

— *Estou pensando. Vejo-o agora com nitidez.*

— *Não o está reconhecendo?* — perguntou a avó.

— *Ele se parece com alguém. Com quem? Diga, vovó.*

— *Este médico se chama Antero de Andrade.*

— *Ele é o Antero?* — Noeli admirou-se. — *O Antero de quem gostei? Incrível! Vovó, eu contei a ele do meu amor. Que vergonha!*

— *Vergonha nenhuma!* — Exclamou Maria. — *Estava ao seu lado aquele dia. Antero a reconheceu, admirou-a por sua vida e pelas suas atitudes: contaram a ele que você fazia remédios e que havia doado seus belos cabelos. Eu a intuí a contar, escutá-la foi uma lição para ele. Doutor Andrade é um bom médico, boa pessoa, marido e pai. Com o conhecimento deste episódio, espero que continue sendo um profissional humano e amoroso.*

— *Não era para ele saber. Foi uma brincadeira!* — exclamou Noeli.

— *Antero, desde que a viu, achou seus cabelos bonitos. Já tinha achado no passado.*

— *Vovó, Antero e eu já tínhamos nos encontrado?* — perguntou Noeli.

— *Você, como Noellii, teve muitos amantes. Antero, em sua existência passada, foi um jovem romântico que gostava muito de ler, seu sonho era estudar, mas não pôde porque sua família não tinha condições. Todos na localidade conheciam a senhora do solar, e Antero, que tinha outro nome, apaixonou-se por você e a vigiava de longe. Sabendo que quase todos as manhãs ia cavalgar, ele a seguiu até que um dia você conversou com ele e...*

Noeli se lembrou:

— *Vestia-me apuradamente para cavalgar; às vezes meu marido me acompanhava, mas, na maioria destes passeios, ia sozinha e me encontrava com amantes. Antero sabia destes encontros porque há tempos me seguia. Numa manhã, conversei com ele, achei-o interessante e, no terceiro encontro, tornamo-nos amantes. Foi, para mim, divertimento, mas Antero se apaixonou perdidamente. Encontramo-nos por seis meses. Aí engravidei, não sabia quem era o pai. Estava, nessa época, interessadíssima em João Luiz. Resolvi abortar e, por isso, não cavalgar por uns tempos. Enjoada do jovem amante, de Antero, terminei com ele, que chorou. Não me importei com seu sofrimento. Com os dois problemas resolvidos, livrei-me do amante e da criança que esperava, dediquei-me ao sobrinho do meu marido. Soube que Antero adoeceu e, meses depois, faleceu.*

— *Antero* — continuou Maria contando — *sofreu muito, ele admirava demais seus cabelos; romântico, passou a se alimentar pouco e adoeceu, não lutou pela vida e desencarnou. Foi socorrido, estudou no plano espiritual e reencarnou com o propósito de amar a vida encarnada, estudar medicina e cuidar de doentes. Ele tem conseguido, está cumprindo o que planejou. Quando Antero a viu na praça, admirou seus cabelos, achou-os lindos e, nestes anos, quando se lembrava de você, se recordava de seus cabelos. Ao escutá-la no hospital falar de seu amor, sentiu remorso pela brincadeira; ele aprendeu a lição de não abusar de sentimentos. Realmente, ele não pensara que, por um encontro, você fosse amá-lo.*

— *Espero que eu também tenha aprendido a lição de não abusar de sentimentos alheios!* — exclamou Noeli.

— *Penso* — concluiu Maria — *que, quando começamos a amar uns aos outros, não abusamos mais de sentimentos. Você, como Noellii, não amou ninguém de verdade, talvez tenha gostado mais de João Luiz. Queria se divertir, foi irresponsável, muitos a amaram; Tomás era apaixonado, e alguns amantes, como Antero, sofreram por amá-la e com seu desprezo.*

— *Tive muitos amores antes e, nesta última encarnação, nenhum! Resgatei, sofri como fiz sofrer!* — exclamou Noeli.

— *Foi uma lição importante para você.*

— *Será que aprendi mesmo?*

— *Tenho certeza de que sim* — afirmou Maria. — *Porém, se duvidar, terá que passar por uma prova.*

— *Vovó, talvez eu tenha de ser bonita na minha próxima encarnação. A beleza desperta interesse, terei de lidar com ela sendo generosa, não iludindo ninguém. Mas quero tanto, quando encarnada, ter um amor, casar e ter filhos. Como gostaria de ser mãe!*

— *Noeli, você está aqui como recém-desencarnada, tem muito o que aprender no plano espiritual. Uma coisa afirmo: você resgatou pela dor seus erros do passado, aprendeu a lição e fez o bem, isto foi muito importante.*

— *Vovó, a senhora ia me contar sobre Nenvis, com quem trabalha. Fale sobre sua tarefa* — pediu Noeli.

— *Nenvis me ajudava, quando estava encarnada, a fazer os remédios; naquela época, sem médicos na cidade, os pobres não tinham com quem se consultar, e eram poucas as pessoas que podiam comprar remédios, foi de muita importância nosso trabalho. Quando desencarnei, fui socorrida, aprendi muitas coisas e continuei com Nenvis auxiliando encarnados. Assim, pude estar com você e Violeta. Este meu amigo ama muito a medicina, estudou quando esteve no plano físico e se aperfeiçoou desencarnado. Somos espíritos amigos e afins. Amamos o que fazemos.*

— *Como é este trabalho? Ajudam a todos?* — Noeli quis saber.

— *A pessoa que pede torna-se receptiva para receber. Ajudamos atualmente aqueles que são receptivos. Estamos com muito trabalho.*

— *Vovó, tenho sonhado com flores, às vezes até acordada parece que as sinto. Sei que aqui na colônia se cultivam muitas plantas, temos até nosso pequeno jardim. Esta sensação é diferente, não entendo, parece que as flores são minhas. E tenho sentido pedidos, parece que me pedem auxílio. Não estou compreendendo e tenho receio de me perturbar.*

— *Você não corre este risco, não se perturbará* — afirmou Maria. — *Vou lhe contar o que está acontecendo. Como já lhe disse, você, ao falar que gostaria de ter flores no seu velório, recebeu muitas, não só da mãe da Mariana como dos vizinhos e fregueses. Seu velório foi florido. Mariana melhorou muito e se tornou sadia, a doença desapareceu: ela, a família e depois todos na cidade acharam que foi por causa da peruca, de seus cabelos, e começaram a lhe pedir ajuda. Nenvis, amigos e eu temos trabalhado em auxílio aos que pedem.*

— *Vovó, será que entendi direito?* — perguntou Noeli. — *As pessoas têm pedido coisas a mim, mas é a senhora e Nenvis que as têm ajudado, e elas pensam que sou eu? Que auxílio prestam?*

— *Tentamos ajudar em tudo e temos conseguido atender muitos dos pedidos. O importante é o fazer. Muitas equipes do plano espiritual trabalham incansavelmente, amorosamente, atendendo em nome de Deus, Jesus, Maria e muitos santos. A obra é de quem a faz. Somos donos dos nossos atos. É um prazer, para mim e para Nenvis, atender pessoas em seu nome. Muitas pessoas têm ido ao cemitério levar flores ao seu túmulo e pedem graças.*

— *Graças estas que são trabalho de vocês.*

— *Sim* — concordou Maria.

— *Penso que tenho de ir à crosta para ver isto, não é?*

— *Dedique-se, no momento, ao estudo; depois a levarei para ver o que fazemos: Nenvis, Carlos, Clara, Leocárcio e eu. Aprenderá conosco esta forma de trabalhar, de auxiliar, por que eles têm pedido a você.*

— *Não posso ir agora?* — indagou Noeli.

— *Quero que aprenda a volitar com segurança, a se alimentar nutrindo-se do ar, do sol, da natureza. Depois, estamos aguardando padre Ambrózio desencarnar: ele está adoentado e logo retornará ao plano espiritual.*

— *Ele poderá ser socorrido, não é?* — Noeli quis saber.

— *Sim, padre Ambrózio tem merecimento para ser socorrido. Muitos amigos o esperam. É boa pessoa, exerceu o sacerdócio tentando ser justo e fez caridades.*

— *Vovó, o que faço quando sentir os pedidos?*

— *Pense em Deus, ore e faça como João Luiz: tenha um objetivo, estude, aprenda para que, assim que for possível, esteja conosco para ajudar quem lhe pede* — aconselhou Maria.

— *Vovó, Mariana estava com câncer; por enquanto, no plano físico, não se cura esta doença. Como ela sarou?*

— *Primeiro, ela se fez muito receptiva; segundo, a medicina que temos no plano espiritual é muito mais evoluída. Aqui já sabemos como curar o câncer. Desencarnados estudam, pesquisam aqui, reencarnam, estudam, pesquisam e remédios vão surgindo: penso que logo muitos doentes de câncer vão sarar, até que todos vão se curar.*

— *Aí surgem outras doenças* — lamentou a filha de Violeta.

— *Doenças existirão até que todos entendam que o amor é o mais importante. Porque espírito que ama não erra mais e se torna sadio, então espírito sadio, corpo são.*

— *Com certeza isto ocorrerá no futuro!*

— *Progredimos!* — exclamou Maria.

— *Vou estudar bastante!*

Passou a acompanhar João Luiz nos cursos. Estudou bastante e, no estudo em que se aprende auxiliar encarnados, os dois compreenderam que ninguém pode interferir na vida de outra pessoa, nem ser babá nem fazer a lição que compete ao encarnado fazer. Ajudar com sabedoria requer muito cuidado.

Padre Ambrózio desencarnou e, oito dias depois, Noeli e João Luiz foram visitá-lo.

— *Meu afilhado! Que surpresa agradável!* — exclamou padre Ambrózio.

Conversaram por minutos.

— *Estava doente* — contou o sacerdote —, *fui piorando. Doutor Daniel me internou no hospital, desencarnei com muita falta de ar e dores no peito. Aqui estou bem.*

— *Não estranhou não estar no céu?* — perguntou João Luiz.

— *Aqui não é o céu? Claro que é. Sempre pensei que o céu fosse a continuação da vida, agradável para as pessoas que cumpriram suas obrigações.*

— *O senhor tem razão, aqui é o céu* — concordou João Luiz.

— *Espero que não seja de descanso eterno* — desejou padre Ambrózio. — *Não gosto de ficar à toa.*

— *Prepare-se então, aqui tem muito o que fazer* — João Luiz riu.

Foi uma visita agradável.

Noeli continuou sentindo as flores e os pedidos. Quando completou oito meses que fizera sua mudança de plano, Maria lhe disse:

— *Prepare-se, minha neta, irá comigo para a crosta e nos ajudará a atender os pedidos que fazem a você. Trabalhará conosco.*

— *Pensei em ficar na colônia por vários anos, amo tanto este lugar.*

— *Poderá voltar sempre que for possível. Ficará conosco num posto de socorro que foi construído sobre o hospital. Lá terá o seu cantinho.*

— *João Luiz quer trabalhar com encarnados e sou eu quem vou!* — lamentou Noeli.

— *Logo ele poderá ir também. Não tenha receio, estará comigo e aprenderá muito. O estudo se concretiza quando colocamos o que aprendemos em prática.*

Noeli se despediu dos moradores da casa, avisou nos cursos que fazia que se ausentaria e abraçou João Luiz, prometendo que se veriam sempre que possível. Seu quarto continuaria à sua espera para abrigá-la quando viesse à colônia.

"Vou sentir falta de tudo isto", pensou. *"De ver o céu nesta tonalidade de azul, da noite, das estrelas, das plantas e das pessoas que residem aqui..."*

Partiu com sua avó.

12º capítulo: Aprendendo a ajudar

Noeli volitou com Maria. Foi uma sensação muito agradável. Perto da crosta, volitaram devagar. Aproximaram-se da cidade onde viveram o período encarnadas e onde trabalhariam.

— *Que sensação diferente ver a cidade daqui de cima!* — exclamou Noeli.

— *Vou levá-la para dar um passeio pela cidade. Veja a igreja, a praça* — mostrou Maria.

— *Vovó, gostaria de rever o solar* — pediu a neta.

— *Ali está!*

Ao ver o solar, Noeli se assustou.

— *A notícia da desapropriação se espalhou* — explicou Maria. — *Com certeza, este fato ocorrerá e, sabendo disto, as pessoas vieram aqui e tiraram o que podia ser útil para elas. Foram tirando as portas, as telas do galinheiro, cercas, telhas e tijolos. Não é bom que estas coisas tenham tido utilidade?*

— *Sim, é. E os quadros e os livros?* — quis Noeli saber.

— *Os quadros foram tirados e guardados porque a prefeitura tem planos de fazer um museu e, quando isto ocorrer, os colocarão nele. Alguns livros foram doados à escola; e outros, guardados.*

Noeli observou o antigo solar. Era tudo ruína, destelhado, paredes desmanchadas, de cima via a escada e os pisos.

"Vovó tem razão", pensou ela, *"foi bom o material desta casa ter sido reutilizado. Este solar antes era um luxo; depois, uma moradia simples; e agora, ruína. Precisamos ter cuidado para não deixar isto acontecer com nossas vidas."*

— *E agora, vovó, aonde vamos?* — perguntou Noeli.

— *Ao posto de socorro, onde será sua moradia por algum tempo.*

Maria, de mãos dadas com a neta, rumou para o hospital. A recém-chegada se admirou. O hospital conhecido dos encarnados estava sendo ampliado, era bonito de se ver de cima a construção do prédio onde abrigavam os enfermos.

— *Vejo os hospitais como lugares que aliviam dores* — falou Noeli.

— *Observe a construção acima da do plano físico.*

Noeli observou admirada, viu uma construção como se via nas colônias. Como se fosse o andar superior, viu uma construção muito bonita. Foi na entrada desta construção que as duas desceram.

— *Vamos entrar* — convidou Maria. — *Veja como faço. Coloco a mão neste visor, e a porta se abre.*

— *Por que isto, vovó?*

— *Infelizmente* — respondeu Maria —, *não existem no planeta Terra somente os bem intencionados. Participando da nossa equipe, você verá muitas diferenças entre os seres humanos. Temos irmãos que, imprudentemente, preferem outro tipo de vida. Os postos de socorro, os locais que abrigam os bons e aqueles que estão sendo auxiliados, ainda necessitam de ter proteção porque, por muitos motivos, desencarnados que desconhecem o amor tentam invadir.*

— *Que motivos são estes?* — perguntou Noeli curiosa.

— *Muitos querem bagunçar, outros vêm aqui em busca de desafetos que estão abrigados recebendo auxílio, há também os que vêm por curiosidade e outros se incomodam com as tarefas dos bons. Não quero que se assuste: ao trabalhar ajudando encarnados, deparamo-nos com a heterogeneidade, pessoas boas e outras nem tanto. Vemos muitos desencarnados e, entre estes, uns perturbados, outros que querem se vingar e alguns imprudentemente maus. Venha conhecer esta casa de amor.*

Noeli entrou e reparou na limpeza e na simplicidade, fato que lhe chamava atenção, pois sempre gostou de tudo limpo.

— *Aqui é o* hall *de entrada* — falou Maria.

A recém-chegada observou curiosa. O espaço era pequeno, havia somente uma escrivaninha com duas poltronas. Na parede do lado direito tinha uma quadro, e na da esquerda, outro.

— *Neste quadro* — Maria mostrou o da direita —, *estão os nomes de todos os tarefeiros da casa; deste lado, o dos abrigados. Isto é para saber com facilidade quem trabalha e quem está hospedado neste posto.*

— *Vovó, é fácil encontrar alguém no plano espiritual?* — perguntou Noeli.

— *Se o desencarnado quer ser encontrado, é fácil. O plano espiritual é imenso e são inúmeros os locais para onde um sobrevivente do corpo físico pode ir ou ficar. Encontrar um desencarnado perturbado é mais difícil. Estes quadros facilitam estes encontros.*

Maria abriu uma porta e se defrontaram com um corredor, mostrou a primeira porta:

— *Aqui é o refeitório. Mesmo você não se alimentando, talvez depois de muito trabalho, possa sentir fome. Nesta sala, os trabalhadores podem se servir de alimentos que vêm da colônia, e também os abrigados em fase de recuperação tomam suas refeições.*

Noeli observou tudo: na sala, havia várias mesas e muitas cadeiras. Voltaram ao corredor.

— *Nesta parte* — Maria abriu uma outra porta —, *estão os nossos cantinhos.*

Depararam-se com uma sala grande com várias poltronas.

— *Aqui descansamos* — informou Maria —, *ouvimos música; por este aparelho, sabemos notícias do plano espiritual e algumas, as mais importantes, do plano físico. O grupo de tarefeiros se reúne aqui para conversar e trocar experiências. Ali temos alguns quartos. Reservei um para você. Na nossa equipe, somente Leocárcio, às vezes, ainda dorme. Não tenho quarto: guardo alguns pertences na nossa casa na colônia; outros, deixo aqui num armário.*

Passaram por um corredor, e Maria abriu uma porta.

— *Este é o seu espaço.*

Noeli defrontou-se com um quarto pequeno: continha uma cama, um armário, uma escrivaninha e duas cadeiras.

— *Que bonito! Vou gostar daqui.*

— *Vamos conhecer o restante do posto* — convidou a avó.

Voltaram à sala e lá estavam duas senhoras, que lhe foram apresentadas.

— *Lúcia e Mayara são tarefeiras da casa, deste Posto de Socorro Raio do Sol* — explicou Maria.

Abraçaram-se, e ambas desejaram à recém-chegada uma boa estadia.

Maria conduziu a neta novamente para o corredor.

— *Seguindo pelo corredor, estão as enfermarias. À esquerda, os quartos das desencarnadas femininas; os da direita abrigam os do sexo masculino. Vamos entrar na primeira ala, nesta estão as que se encontram melhores: uma parte delas irá para a colônia, algumas reencarnarão, outras ficarão conosco como auxiliares e, assim que aprenderem a ser úteis, se tornarão tarefeiras.*

Maria abriu a porta, entraram. Uma socorrista veio cumprimentá-las.

— *Esta é Marcília, uma trabalhadora incansável da casa* — falou Maria.

Marcília abraçou a recém-chegada e voltou a seus afazeres. Noeli observou o local: o espaço era grande, com várias janelas, muitos leitos e, ao lado de cada cama, uma mesa de cabeceira e uma cadeira; atrás da cabeceira da cama, havia um armário que a ocupante do leito poderia guardar seus pertences. Em todas as mesas de cabeceira, tinha um recipiente com água, um copo, um abajur e depois variava: em algumas havia livros; em outras, fotos, e, em outras ainda, frutas.

— *Vovó, que pertences são guardados? Eu não trouxe nada. A senhora guarda alguma coisa?*

— *Tenho fotos, livros que ganhei, revistas e flores secas. Nestes armários, tem várias coisas. Algumas abrigadas guardam roupas, sapatos, gostam de se trocar... Também há enfeites, livros e muitas fotografias.*

— *Como isto é possível? Fotos?* — quis Noeli saber.

— *Foram plasmadas pela vontade de cada uma com ajuda de uma trabalhadora que sabe fazer isto. São réplicas que tinham quando estavam no plano físico. Normalmente, suaviza a saudade ver retratos de familiares.*

Noeli pensou que não trocava mais de roupa porque estas não se sujavam; como nunca deu importância a este detalhe, e por se sentir confortável com o que vestia, somente colocou uma roupa quando saiu do hospital e com ela ficou. Não se interessou por ter fotos e livros, pegava emprestado quando queria ler. Não tinha nada e não sentia vontade de ter.

Olhando tudo, sorrindo e cumprimentando a todos, Noeli, ao observar um leito, viu uma mulher sentada de cabeça baixa. Reconheceu-a e exclamou:

— *Dona Pérola!*

A mulher levantou a cabeça e a olhou.

— É você, Estranha? Digo: Moeni.

— *Sim, sou eu, Noeli. Como está?*

— *Melhor* — respondeu Pérola. — *Você morreu? Digo: desencarnou? Faz tempo?*

Noeli sabia que os recém-desencarnados e os socorridos, quando se sentem melhor, perguntam muito sobre isto, querem falar sobre desencarnação. Talvez por estarem preocupados com as suas próprias, querem saber como foi a mudança do outro.

— *Desencarnei* — respondeu a filha de Violeta — *há alguns meses. Vou residir aqui por uns tempos, para aprender a ser útil.*

Noeli se lembrou de que Pérola desencarnara havia alguns anos, sentou-se no leito ao lado dela, pegou em sua mão.

— *Sofri com minha mudança de plano* — contou Pérola. E, ao ver a visita atenta, desabafou — *Esperava que meu marido, mais velho que eu e adoentado, fosse falecer primeiro. Infelizmente, fizera planos para minha viuvez. Mas fui eu que desencarnei. Perturbei-me muito, não compreendi, não aceitei e fiquei no meu ex-lar. Senti-me esquecida, os filhos tinham os seus afazeres, meu marido arrumou uma namorada e estava se sentindo feliz. Como sofri! Um dia, lembrei da minha casa nesta cidade; sem entender, vim para ela. Uma antiga empregada, também desencarnada, ela é trabalhadora neste posto, foi me visitar e perguntou se eu não queria vir para o hospital, vim com ela e fiquei nesta parte, melhorei e entendi que meu corpo físico morrera, que precisava aceitar e aprender a viver com este corpo que sobreviveu. Estou sendo muito bem tratada aqui, mas estou com medo.*

— *Não sinta medo* — pediu Noeli. — *A vida realmente continua. Queira aprender a viver no plano espiritual.*

— *Você está bem?* — perguntou Pérola.

— *Sim, estou. A desencarnação, para mim, foi uma bênção.*

— *Para mim, não. Estranha, desculpe-me, não queria chamá-la assim.*

— *Não precisa se desculpar. Meu nome é Noeli.*

— *Penso* — disse Pérola, olhando-a — *que preciso me desculpar. Comprava seus objetos e tive muito lucro com eles.*

— *Pois eu lhe era grata por comprá-los. O dinheiro daqueles objetos me foi muito útil.*

— *Poderia ter-lhe pagado melhor* — Pérola suspirou.

— *Dona Pérola, pense que foi um negócio. Somente a senhora podia comprá-los de mim. Sou grata por isso. Se é para lhe fazer bem, eu a desculpo e agradeço à senhora.*

— *Obrigada, Estra... Digo, Noeli.*

Maria, enquanto a neta conversava, tinha ido ajudar Marcília e, ao ver as duas se abraçarem, aproximou-se.

— *Agora temos de ir.*

As duas sorriram e se despediram. Vó e neta voltaram ao corredor. Noeli parou e indagou:

— *Vovó, agi errado vendendo os objetos da casa?*

— Não agiu. Primeiro, você era a herdeira; depois, Pietro lhe deu; desejou, desencarnado, que herdasse tudo, o que na época não era muito. Ele se arrependeu pelo seu ato maldoso e, depois, por não ter tido coragem de assumi-la. E, mesmo se não fosse por este motivo, você ser filha do proprietário, também não teria agido errado. O proprietário não deu mais notícias, ele desencarnou, não pagou mais os empregados, e o solar não tinha mais dono.

— *Não esperava encontrar dona Pérola aqui* — comentou Noeli.

— *Prepare-se, estamos sempre reencontrando amigos, familiares e conhecidos, alguns em situações agradáveis e outros, nem tanto.*

— *Dona Pérola me pediu desculpas.*

— *Aqui no plano espiritual* — explicou Maria — *entendemos os fatos ocorridos com mais clareza. De fato, a única pessoa na cidade que podia comprar aqueles objetos era Pérola. Para ela, era um negócio e obteve bom lucro, mas foi bom também para você. Se não tivesse vendido, o que seria desses objetos? Você deu tudo da casa para os vizinhos do outro lado da rua e, com certeza, por eles desconhecerem o valor daquelas peças, elas seriam descartadas ou usadas como meros utensílios. Penso que não tem ninguém na cidade atualmente que entenda de peças raras e antigas. Você fez bem em vendê-las.*

— *O que acontecerá com dona Pérola? Se possível, gostaria de ajudá-la.*

— *Agora ela não precisa mais de ajuda* — respondeu Maria. — *Chegou aqui perturbada, sentindo-se muito enferma. Logo será transferida para a colônia para aprender a viver desencarnada e espero que seja útil.*

Maria a levou para conhecer as outras alas; como Noeli tinha ajudado sua mãe nas enfermarias na colônia, não se admirou, viu ali abrigados e alguns trabalhadores conhecidos. Os socorridos que estavam se sentindo muito enfermos não a reconheceram. Conversou com alguns, dando incentivos carinhosos.

— *Pronto, conheceu o posto todo!* — exclamou a avó. — *Lembro-a de que não trabalhará aqui, mas poderá ir a todos os locais nesta casa de amor. Vamos agora ao cemitério, marquei com nossa equipe para levá-la lá e conhecer o que acontece.*

Volitaram. Chegaram ao cemitério, Noeli observou tudo admirada.

— *Vovó, como este lugar está diferente!*

— *Você está vendo o mesmo local nos dois planos!* — exclamou Maria. — *Você via, como encarnada, o que está na matéria densa. Agora está vendo também o que está no plano espiritual. Ali, naquela construção pequena, é um minúsculo posto de socorro, onde normalmente ficam desencarnados que, desligados do corpo morto, recebem os primeiros socorros; alguns permanecem ali dias, outros horas, uns saem para vagar e, infelizmente, há os que voltam a seus ex-lares, mas a maioria vai para um posto de socorro, como viu no hospital, ou para as colônias.*

— *Todos os que aqui são enterrados recebem este auxílio?* — perguntou Noeli.

— *Infelizmente, não. Alguns são levados por aqueles que os odeiam; outros, por grupos de arruaceiros com quem se afinaram quando encarnados; uma porcentagem pequena continua ligada ao corpo físico por mais horas ou dias. São socorridos aqueles que fizeram por merecer.*

— *Estranha! U-u...*

Noeli se virou para ver quem a chamara. Viu três desencarnados rindo.

— *São desencarnados que costumam vagar por aqui* — elucidou Maria. — *Vêm ao cemitério normalmente para se divertir ou apreciar o movimento.*

— *Como eles me conhecem?*

— *Você é conhecida, logo verá o porquê e, se prestar atenção naquele que a chamou, o reconhecerá: ele é o filho da Cida, aquele que se embriagava e desencarnou ao cair de uma ponte, estava bêbado.*

— *Oi!* — Noeli cumprimentou-os, abanando a mão. — *Como estão vocês?*

— *O que escuto? A Estranha nos cumprimentou? Oi! Estamos bem, obrigado.*

— *Vamos, minha neta, conhecer o abrigo* — Maria a puxou.

Os três desencarnados ficaram observando as duas e as seguiram, porém distantes alguns metros. Maria a levou para conhecer o posto de socorro.

— *Observe que, em volta desta construção, tem uma suave luz azulada, é a proteção. A trabalhadora já nos viu e irá desligá-la para entrarmos. Vamos entrar rápido porque, assim que passarmos, será novamente ligada.*

— *O que acontece se não desligarem? Conseguiríamos passar?* — Noeli quis saber.

— *Não passaríamos. É uma barreira intransponível.*

— *E o motivo é o mesmo do posto de socorro?*

— *Embora* — respondeu Maria — *este local não abrigue por muito tempo nenhum socorrido, tem esta proteção para não ser atacado ou invadido. Neste local costumam vagar desencarnados que gostam de arruaças, e uma maneira de eles se divertirem é perturbando os trabalhadores. Vamos entrar.*

As duas entraram, o posto era um salão, não tinha janelas nem vitrôs, somente uma porta. Havia seis leitos, oito cadeiras e uma mesa.

— *Esta é Sebastiana, trabalha como socorrista neste local* — Maria apresentou.

Após cumprimentos, Maria explicou à neta:

— *Querida, sempre que necessitar, poderá vir aqui, tanto para trazer socorridos como para se refazer ou se abrigar se você se sentir ameaçada. Depois, vou ensiná-la a desligar o dispositivo.*

Despediram-se de Sebastiana, que desligou a proteção, sendo religada assim que saíram.

— *Normalmente* — explicou Maria —, *em quase todos os cemitérios, existem um local de socorro e trabalhadores que auxiliam os necessitados. Conforme o tamanho do local do plano físico, o do abrigo espiritual será igual, uns são enormes e são muitos os tarefeiros que trabalham neles, outros abrigos são de porte médio, e o nosso é pequeno, como é o do plano físico. Porém, todos eles têm como objetivo dar os primeiros socorros aos abrigados, mas estes não ficam por muito tempo.*

— *Não vi nenhum abrigado, somente uma socorrista estava lá* — comentou Noeli.

— *Sebastiana está sempre andando pelo cemitério e pela cidade; no momento, está esperando seu companheiro de tarefa, que trará dois necessitados. Mesmo num local pequeno, há muito o que fazer. São muitos os imprudentes que desencarnam sem preparo, sem saber nada da mudança que farão. Vamos ao túmulo onde estão seus restos mortais.*

Noeli sabia bem onde estava o túmulo, admirou--se ao vê-lo.

— *Vovó! Quantas flores! Algumas secas, outras murchas, e estas recém-colhidas. O túmulo todo está coberto de ramalhetes floridos!*

— *Minha neta, nosso trabalho atualmente é atender aos pedidos que lhe fazem. E, junto dos pedidos, ofertam flores ou as trazem em agradecimento, pagam promessas.*

— *A senhora e mamãe não gostavam de promessas, e eu nunca as fiz.*

— *Ao pedir, torna-se receptivo para receber* — elucidou Maria. — *O mais importante nesta receptividade seria tentar se modificar para melhor, trocar vícios por virtudes. Não fez nem fará diferença para você receber estes buquês. Porém, a maioria das pessoas traz flores com carinho e gratidão. Nenvis está chegando. Quero que o conheça. Ele é o nosso orientador.*

Aproximou-se das duas um senhor de agradável aspecto. Sorridente, abraçou a neta de Maria.

— *Desejo que esteja bem entre nós* — falou Nenvis.

— *Espero não lhe dar trabalho, sou uma aprendiz* — disse Noeli.

— *Todos nós somos* — respondeu ele gentilmente.

— *Minha neta, as pessoas que têm lhe trazido flores e algumas velas pensam que você é santa.*

— *Eu!? Santa?!*

— *Sim* — afirmou Nenvis.

— *Mas eu não sou santa! O que é ser santa?*

— *Acho* — respondeu Nenvis, tentando elucidar — *que santo é aquele que é sábio. Se o ser humano tivesse sabedoria, não erraria mais. Se ainda comete erros, é por falta de compreensão. Deduzo que aquele que erra é imprudente e ignorante das verdades universais, Divinas, e o santo, o sapiente, é aquele que compreende as verdades eternas, sente Deus em si e vê o Criador no outro.*

— *Então a ignorância nos conduz normalmente ao erro, e a sapiência, à virtude?* — perguntou Noeli.

— *Creio que é isso mesmo* — elucidou o orientador do grupo. — *Santo é aquele que tem o conhecimento da Suprema Realidade: de Deus. Isto porque quem realmente sente Deus em si e no próximo passa a viver no bem e para o bem e não é mais capaz de errar. Acertos levam ao progresso.*

— *Eu estou longe de ser santa. Estão pensando erroneamente que sou uma. E agora?*

— *Não devemos nos importar com os títulos que nos dão, mas sim com o que podemos nos esforçar para ser* — respondeu Nenvis. — *Você fará parte de nossa equipe e, pelo nosso trabalho, temos nos esforçado para sanar dores.*

— *Agradeço-os por fazerem este trabalho em meu nome. Nem sei ajudar, mas irei aprender. Você conhece algum santo?*

— *Não se encabule por ser chamada de "santa" nem por julgar não ser. Sim, conheço muitos espíritos sábios, alguns receberam este título, mas a maioria não. Recentemente, fui assistir a uma palestra de um desencarnado que, nas suas três últimas encarnações, teve, depois de desencarnado, o título de "santo". É realmente um espírito sábio. Também sei que, infelizmente, alguns que receberam este título não são ainda sábios, e até outros sofreram quando fizeram suas mudanças para o Além.*

— *Eu não sofri!* — exclamou Noeli. — *Vou tentar não me encabular quando me chamarem deste título que estou longe de ser digna. Estou sentindo que aqui estamos com boas energias.*

— *Todos os encarnados que vêm aqui oram* — esclareceu Nenvis. — *Orações sinceras deixam o local com energias benévolas e agradáveis. Preces com bons sentimentos nos ligam às forças benéficas, às energias restauradoras. Embora muitos venham aqui para ser servidos. Infelizmente, a proporção dos que querem ser servidos é enorme. Aqueles que servem são a minoria.*

— *O mundo* — opinou Maria — *somente melhorará se, conscientes, deixarmos de ser servidos para servir.*

— *Todos os que vêm aqui recebem estas energias salutares?* — perguntou Noeli.

— *Infelizmente, não* — respondeu Nenvis. — *Não recebe energias boas quem tem maus pensamentos. Quando alguém vem aqui com pensamentos negativos, as energias benéficas voltam à origem ou continuam aqui.*

— *Os membros da nossa equipe estão chegando* — informou Maria —, *querem cumprimentá-la. Eles já a conheceram encarnada. Vou apresentá-los.*

Noeli observou-os, eles vieram volitando. Sentiu que os conhecia, foi abraçada, e Maria os apresentou:

— *Esta é Clara, desencarnou há trinta anos, planeja reencarnar e ser médica. Conheceu Nenvis numa palestra; convidada, veio fazer parte de nossa pequena equipe.*

— *Seja bem-vinda, é um prazer tê-la conosco!* — exclamou Clara sorrindo.

— *Este é Leocárcio* — continuou Maria —, *tem pouco tempo de desencarnado. Você deve lembrar dele, é esposo de Izildinha, que ia pegar remédios, morava do outro lado da cidade.*

Noeli não se lembrou dele, mas sim de Izildinha, e perguntou:

— *Como está Izildinha?*

— *Foi para ficar perto dela* — respondeu Leocárcio — *que pedi para trabalhar na equipe. Nas minhas horas de folga, vou visitá-la. Ela está com muitos problemas, mas, com minha ajuda, carinho e incentivo, os enfrenta com coragem. Alegro-me por você estar entre nós. Sou também um aprendiz.*

— *Este é Carlos* — mostrou Maria.

Noeli observou-o, era um moço bonito e simpático; sorrindo, cumprimentou-a.

— *Faço parte da equipe desde que Maria fazia remédios. Naquele tempo, trabalhava com Nenvis num posto de socorro de um grande hospital, ele vinha ajudar Maria algumas horas por semana e eu o acompanhava. Gostei muito de trabalhar com ervas, fiz cursos sobre o assunto. Agora estou trabalhando aqui, continuo com meus estudos na colônia e ajudo no hospital da cidade. Seja bem-vinda!*

— *Noeli* — determinou Nenvis —, *você no começo não ficará sozinha. Estará sempre com um de nós, irá também descansar algumas horas por dia no seu cantinho no posto de socorro do hospital. Você verá muitos espíritos bons trabalhando conosco e outros não. Já viu aqueles desencarnados que, ociosos, vagam por aí; irá ver também os que sofrem, embora já os tenha visto nos hospitais da colônia. Infelizmente, encontrará desencarnados imprudentes e maus. Não deve se assustar nem confrontá-los, não responda às provocações.*

— *Pelo nosso trabalho, nos envolvemos com eles? Com estes imprudentes?* — Noeli quis saber.

— *O objetivo no momento de nossa tarefa é auxiliar encarnados que pedem e, por isto, se tornam receptivos a receber. Verá que muitos destes atendimentos são trabalhosos e, em alguns, defrontamo-nos com obsessões, que podem acontecer por muitos motivos. O que nos dá mais trabalho é afastar espíritos vingativos. Sim, encontramo-nos, em algumas de nossas tarefas, com desencarnados que se autodenominam "maus". Nestes casos, Carlos e eu, por termos mais experiência, conversamos com eles e tentamos ajudar tanto o encarnado como o desencarnado.*

— *Com certeza* — falou Noeli — *esta tarefa será para mim um grande aprendizado! Agradeço-os e espero não atrapalhá-los.*

— *Pergunte, minha neta, pergunte sempre que tiver dúvidas* — aconselhou Maria.

Noeli olhou para os desencarnados que cumprimentara, eles estavam atrás de um túmulo observando-os e os tentavam escutar.

— *Vocês não sentem vontade de ajudar a todos? Como aqueles ali?* — a filha de Violeta quis saber.

— *Não ouviu o que dissemos?* — falou Nenvis. — *Ajudamos os receptivos, ou seja: aqueles que querem receber. Infelizmente, ajudar os que não querem seria forçá-los, e isto não costuma dar certo. Todos nós temos o livre-arbítrio. Mesmo em auxílio a um encarnado receptivo que envolva desencarnado, somente oferecemos ajuda a este; se aceita, o problema se resolve; se não, tentamos instruir o encarnado a sair da faixa vibracional do imprudente para não receber mais sua influência.*

"Que trabalhão! Será que sou capaz?", pensou Noeli.

— *Claro que sim, minha neta!* — exclamou Maria. — *Você é mais capaz do que pensa.*

Ela entendeu que todos ali ouviam pensamentos. Noeli teve aulas sobre o assunto, mas tinha muito ainda que aprender; sorriu e determinou:

"Vou prestar mais atenção no que penso."

— *Nós sempre devemos prestar atenção aos nossos pensamentos* — recomendou o orientador da equipe. — *Estejamos encarnados ou desencarnados. Atraímos muitas coisas pelos nossos pensamentos, seja ruins ou bons. Pensamentos otimistas nos trazem alegrias, nos dão boa energia.*

— *Recebemos pedidos que não procedem? Ou seja, nos quais não podemos interferir?* — perguntou Noeli.

— *Muitos* — respondeu Leocárcio. — *Uns querem que chova, outros não, alguns pedem para seu time ganhar e outros rogam para que o outro vença.*

— *Infelizmente* — esclareceu Nenvis —, *recebemos pedidos nos quais não podemos interferir, porém aqueles que pedem recebem de nós energias benéficas por orarem e alguns podemos ajudar no que realmente necessitam. São muitos casos interessantes.*

— *Pronta para começar a trabalhar, Noeli?* — perguntou Clara. — *Vejo encarnados se aproximando com flores.*

Noeli sorriu e olhou para a entrada do cemitério.

13º capítulo: Um caso interessante

Duas senhoras se aproximaram do túmulo, ambas com flores. Conversavam:

— Obrigada por ter vindo comigo, Clotilde. Sinto medo de vir ao cemitério sozinha. Venho para pagar a promessa. A Santinha fez o que pedi.

— Será certo, Maria Luiza, chamá-la de Santinha?

— Ah, Clotilde, como chamá-la? Santa Estranha? Com certeza é falta de respeito. Santa Sofia? Sofia não era o nome dela. Pelo nome mesmo, que é tão diferente, e poucos pronunciam corretamente? Santinha é carinhoso. Vamos colocar as flores. Santinha, vim pagar a promessa. Meu marido melhorou muito.

— E se for passageiro, se seu esposo ficar de novo agressivo?

— Aí peço novamente para a Santinha. Vamos orar.

As duas colocaram as flores no túmulo e rezaram. Noeli estava curiosa, e Maria a esclareceu.

— *O marido de Maria Luiza estava muito nervoso e agressivo, ela nos pediu ajuda. Fomos à sua residência e vimos que a causa da desavença era o irmão dele desencarnado. Este espírito estava há oito anos no plano espiritual, chegou a ser socorrido, mas não quis ficar abrigado, saiu e ficou vagando. Gostou de ficar com o irmão. Este espírito, quando encarnado, foi autoritário e começou a dar palpites na vida do marido de Maria Luiza, que recebia sua opinião. O desencarnado queria que o irmão também fosse autoritário e tratasse a esposa com indelicadeza. Conversamos com este espírito, tentando convencê-lo de que estava agindo errado, o levamos para um posto de socorro longe daqui e o colocamos para fazer uma tarefa que gostou, assim o afastamos deste lar. Conversamos com o casal enquanto seus corpos físicos dormiam, pedindo a eles para terem paciência um com o outro e dissemos ao marido que ele não deveria mais clamar pelo irmão nem aceitá-lo por perto. A paz voltou a este lar.*

As duas senhoras foram embora.

— *Todos pagam as promessas?* — quis Noeli saber.

— *Não prestamos atenção neste fato* — respondeu Nenvis. — *Penso que a maioria paga. Vejo, neste ato, um agradecimento. Aquele que é grato está aprendendo a amar, e quem agradece fica receptivo a sempre receber. Para nós, não faz diferença se pagam ou não. Porém, para algumas pessoas que não cumpriram as promessas, esta atitude pode vir a perturbá-las, porque deixaram de fazer algo que se determi-*

naram. Poderiam muito bem pedir, tornarem-se receptivos, sem prometer algo em troca.

Aproximou-se do túmulo, uma menina. Noeli observou-a, a garota trazia uma pequenina flor. Suas vestes estavam rotas, em alguns lugares remendadas, e não estava limpa, seus cabelos estavam empastados. A garota colocou timidamente a florzinha num canto direito da laje.

"Santinha", pensou a menina, e todos da equipe ouviram, "nos ajude. Sei que a senhora está perto de Deus e pode resolver nossos problemas. Ave Maria..."

— *Esta menina tem doze anos* — informou Carlos —, *por estar anêmica e por estar passando por muitas privações, aparenta ter bem menos.*

— *O que de fato ela pede?* — perguntou Noeli.

— *Com certeza, auxílio para sua família, que é problemática* — falou Nenvis e determinou: — *Noeli e Carlos, acompanhem-na e tentem ajudá-la no que for possível.*

— *Ela me trouxe uma pequena flor!*

Noeli se emocionou, e lágrimas escorreram pelo rosto quando ela viu a garota chorar.

— *Minha neta* — aconselhou Maria —, *a maioria dos pedidos nos causa comoção, devemos nos controlar. Sentir piedade sem nada fazer é inútil.*

— *Mas eu quero ajudá-la!*

— *Então se esforce* — aconselhou Maria. — *Com certeza você e Carlos ajudarão esta garota.*

A menina saiu apressada, Carlos e Noeli acompanharam-na e ouviram a garota pensar:

"Tenho de voltar rápido; se não, vovó ficará brava. E quando ela descobrir que peguei a flor da planta dela, talvez leve uns tapas. Tomara que ela não tenha bebido. Tenho de fazer muitas coisas ainda. Estou cansada. Os tapas que vovó me deu ontem à noite ainda estão doendo."

A menina andava rápido; depois de uns vinte minutos de caminhada, chegou a uma casinha simples. Uma senhora estava sentada numa cadeira e, ao ver a garota, perguntou:

— Aonde você foi, Glorinha? Já lavou a roupa?

Carlos e Noeli ficaram sabendo que a garota era chamada de Glorinha.

— Coloquei-a de molho, vou lavar — respondeu a menina.

— Aonde foi?

— Ao cemitério, pedir ajuda à Santinha.

— Menina inútil! — exclamou a senhora. — Você acredita que uma mulher feia, como era a Estranha, faz algum milagre? O que ela pode fazer por nós? Dar juízo à sua mãe? Alimentos de ricos para nós? Você é uma garota insuportável! Todos os que fazem pedidos levam flores, e você, o que levou?

A senhora olhou para o vaso, em que antes havia a pequena flor, e gritou:

— Você pegou a flor do vaso? Ladra! Vou lhe bater!

Armou o braço para estapear Glorinha. Carlos segurou seu braço e olhou-a fixamente. Falou:

— *Não bata nela!*

A senhora abaixou o braço, sentou-se novamente. Glorinha correu para o tanque e se pôs a lavar a roupa.

— *Você conseguiu interferir. Impediu que a senhora batesse na menina. Como fez isto?* — curiosa, Noeli quis saber.

— *É muito difícil um desencarnado conseguir interferir em casos assim. Esta mulher não sentiu que segurei em seu braço. Foi um ato instintivo que fiz, talvez por isso tenha concentrado toda a minha energia, e esta senhora sentiu algo diferente.*

— *Ainda bem que conseguiu. Glorinha ia ser surrada por ter levado a flor ao meu túmulo.*

Entraram na casa; e se aproximaram da senhora, dois desencarnados imprudentes, estavam rindo, eles não viram os dois socorristas por estarem em vibrações diferentes. Desencarnados imprudentes veem outros como eles e os encarnados.

— *E aí, Geralda, vamos às primeiras doses?* — perguntou um deles.

— *O nome da senhora é Geralda* — disse Noeli.

— *Pegue a aguardente e coloque na caneca!* — ordenou o outro desencarnado.

— *Aqui está com uma vibração das bravas* — observou o primeiro que falou. — *Não estou gostando. O que será?*

— *Será que a menina foi pedir ajuda à Santa Estranha? Ela falou ontem que ia. É melhor irmos embora. Vamos ao bar?*

Saíram. Geralda não bebeu, pegou a vassoura e se pôs a varrer a casa.

— Que coisa! Não se pode mais dormir nesta casa?

Uma mulher abriu a porta do quarto, estava somente de roupas íntimas. Noeli observou-a, não deveria ter trinta anos, era bonita.

As duas mulheres começaram uma discussão. Eram mãe e filha. O palavreado era grosseiro. Os dois socorristas ficaram sabendo que a mulher se chamava Doralice e era mãe de Glorinha e de dois garotos que estavam na creche.

— *Geralda é alcoólatra* — informou Carlos. — *Doralice, além da bebida, tem usado entorpecentes, é prostituta e não dá atenção aos filhos. Observando-as, vejo seus corpos físicos sendo bombardeados pelos tóxicos do álcool e dos entorpecentes. Vamos nos aproximar de Glorinha.*

A menina lavava as roupas, depois as colocou no varal e foi ajudar a avó a fazer o almoço. Alimentou-se pouco.

— *Vamos embora* — decidiu Carlos —, *irei depois contar ao Nenvis o que vimos aqui e planejar a melhor maneira de ajudar Glorinha.*[1]

---

1. N. A. E.: Eram vários os trabalhos que faziam ao mesmo tempo. Carlos e Noeli deixaram o lar de Glorinha para voltar mais tarde e, neste intervalo, foram fazer outra tarefa, atender a outro pedido. Vou descrever os auxílios com começo, meio e fim, para ficar mais fácil o entendimento.

Quando o grupo se reuniu no posto de socorro, Carlos contou a Nenvis o que viram no lar da garota.

— *Acompanhamos a menina que se chama Maria da Glória, seu lar é desestruturado, a avó materna se embriaga, é violenta, e a mãe é alcoólatra e, no momento, também está fazendo uso de entorpecentes. Doralice, a mãe, tem mais dois filhos pequenos de cinco e dois anos.*

— *Acompanhe, Carlos, o caso, tente ajudar estas crianças, e Noeli será sua ajudante* — pediu o orientador do grupo.

À tarde, os dois socorristas voltaram à casa. Glorinha se preparava para buscar os irmãos na creche. A menina andou depressa, nem olhava para os lados. Estava cansada. Trabalhara bastante. Mas sorriu ao ver os irmãos. Os dois garotos vestiam-se de forma simples e retribuíram o sorriso. De mãos dadas, voltaram para casa, agora caminhando devagar. A creche era perto da casa. Avó e mãe não estavam, os garotos já tinham tomado banho. Sentaram-se no chão e ficaram brincando de carrinho. A comida do jantar era pouca, Glorinha deu para os irmãos e comeu somente o restinho. Preferia ficar ela com fome. Às vinte horas, ela colocou os irmãos na cama, dormiam os três num leito. A casa tinha um quarto e três camas: uma era da avó e outra da mãe. Glorinha orou e foi dormir também, os três adormeceram logo.

Carlos levou a companheira de tarefa para um local não longe da casa, num bar. Viram Geralda com um grupo de encarnados, todos bebiam, riam e, ao lado, muitos desencarnados; viram os dois que tinham ido à casa dela pela manhã. Doralice estava conversando com um homem, aproximaram-se e escutaram:

— *Já disse que vou lhe pagar. No sábado, atendo meus clientes da fazenda. Vou pagar!*

— *Estou me cansando de você. Sua dívida está aumentando. Por que não vende seus filhos? Se sua filha não fosse tão fraquinha, magrinha, até que eu a queria. Gosto de meninas!*

Doralice não se alterou. Discutiram por mais alguns minutos, depois ela foi fazer um programa.

— *Estou chocada! Meu Deus!* — exclamou Noeli.

— *São os imprudentes reencarnados* — elucidou Carlos. — *Pelo que entendi, Doralice tem uma dívida grande, deve ser pelos entorpecentes. Vamos embora daqui.*

Foram ao posto de socorro e planejaram o que fariam.

— *Estou me lembrando de dona Esmeralda* — falou Carlos —, *ela é costureira e recebe em sua casa muitas mulheres. Ela já nos ajudou outras vezes, esta senhora é caridosa e muito religiosa, recebe fácil nossa intuição. Vamos à casa dela pedir para nos ajudar.*

Foram à casa dela, Noeli gostou de Esmeralda. Sua casa era simples e acolhedora, os dois socorristas iam sair quando Doralice chegou, foi levar um tecido para fazer um vestido. Ela pagava antes pelo serviço porque, se não, Esmeralda não recebia. A mãe das crianças queixou-se para a costureira de que a vida estava difícil, dos filhos, e Esmeralda falou à cliente o que Carlos queria.

— Por que você não dá seus filhos? Existem pessoas que querem adotar.

— É, pode ser — respondeu Doralice.

E foi Esmeralda também que, ao atender uma freguesa e ouvir dela que a nora não podia ter filhos e que queria adotar, lembrou-se de Doralice.

— As crianças, dois meninos, cinco e dois anos, são lindos! Penso que ela os doará, ainda mais se oferecer algum dinheiro. Está endividada — comentou a costureira.

A mulher, ao chegar em sua casa, informou o filho. Carlos e Noeli foram visitar o casal e perceberam que eram boas pessoas, que amariam e cuidariam das crianças.

Os dois socorristas se empenharam em atender o pedido de Glorinha. Foram muitas as conversas que tiveram com os envolvidos encarnados. E algo aconteceu que ajudou os dois trabalhadores. Uma companheira de bar de Doralice desencarnou.

— Ela morreu — contou outra frequentadora do bar a Doralice —, passou mal, desmaiou, levaram-na ao hospital. Ela estava se queixando de dores abdominais, disseram que ela faleceu por uma doença no fígado, por se embriagar demais.

Doralice pensou que estava tendo dores também, e foi um companheiro desencarnado dela, com quem costumava se drogar, que os ajudou.

— Dora, meu bem, penso que você irá morrer logo. É melhor vender seus filhos. Com o dinheiro, você paga suas dívidas e aproveita o resto de seus dias!

Doralice, acostumada a receber intuição deste desencarnado, pensou muito nisto.

O casal veio para a cidade para tentar adotar as crianças.

— Talvez ela não os dê — falou a mulher que queria ser mãe.

— Mas com certeza o fará se oferecermos dinheiro — falou o marido. — Porém, os meninos já estão crescidos, cinco e dois anos. Dará certo?

— Estive pensando — opinou a esposa —, é até melhor, recém-nascidos dão muito trabalho. Vamos vê-los; se gostarmos, pediremos à sua mãe para conversar com Doralice.

O casal foi à creche, conheceram os meninos e os acharam lindos.

— Com um bom tratamento, estas manchas nos rostinhos deles sumirão. Ficarão sadios com uma boa alimentação. Quero os dois para meus filhos — determinou a mulher.

A mãe dele, do moço que queria ser pai, foi de tarde à casa de Doralice. Geralda não estava. Quem abriu a porta foi a mãe das crianças.

— Quero, Doralice, conversar com você — disse a senhora. — Vou direto ao assunto. Tenho conhecidos, pessoas ricas, um casal que reside longe daqui, que quer adotar seus dois filhos. Pagam por eles... — falou a quantia.

Doralice se entusiasmou e pensou:

"Além de diminuir a despesa de casa, com o que receber, pago minhas dívidas e ainda terei dinheiro por muito tempo. Nenhum dos três filhos tem pai, não sei quem são. Eles são somente meus e faço o que quero."

Pediu um pouco mais, negociaram. A mulher pagou.

— Vou buscá-los na creche, não quero levar nada deles, os meninos terão tudo novo, coisas boas. Serão bem tratados.

A mulher saiu. Glorinha estava no quarto e escutou tudo.

"Quando puder", pensou a garota, "vou levar flores para a Santinha. É ela quem deve estar ajudando. O que mais queria era que meus irmãozinhos tivessem um lar, pai e mãe para cuidar deles e que não passassem mais fome. Será que eles ficarão bem mesmo? Santinha, olhe meus irmãos para mim. Por favor!"

Noeli aproximou-se de Glorinha, abraçou-a com carinho e tentou acalmá-la.

— *Glorinha, acalme-se!* — pediu Noeli. — *Seus irmãos ficarão bem, terão um lar. Seus pais adotivos são pessoas boas, eles serão amados, educados no bem e estudarão.*

A menina chorou, e a socorrista esforçou-se para não chorar. Doralice gritou pela filha.

— Maria da Glória! Glorinha!

A garota enxugou o rosto e foi para a sala.

— Como você deve ter escutado, dei seus irmãos. Bom para você! Não terá mais de buscá-los na creche nem tomar conta deles e terá a cama somente para você.

— Não os verei mais? — perguntou Glorinha.

— Não, não os veremos mais — respondeu Doralice.

— Vou à creche para ter certeza de que realmente eles não estão lá.

"Será que a senhora não irá pegá-los?", pensou Doralice. "Se ela não for, eu não devolvo o dinheiro. Não devolvo mesmo. Ela deve ter ido pegá-los."

— Está bem, vá no horário de sempre — concordou Doralice.

— Vou passar roupas — disse a menina.

— Não passe as dos seus irmãos. Se você for buscá-los e eles não estiverem lá, dê todas as roupas deles, brinquedos, tudo.

Carlos e Noeli foram à creche, e a senhora que conversara com Doralice foi pegar os meninos. A mãe deles escreveu um bilhete dando permissão para a senhora levá-los. As crianças olharam assustadas para a mulher, e ela, carinhosamente, falou:

— Meninos, trouxe-lhes pirulitos. Vou levá-los para tomar sorvete. A mãe de vocês deixou.

— Glorinha deixou? — perguntou o menino maior.

— Deixou, sim.

A mulher, vendo que os garotos estavam eufóricos com os pirulitos, falou baixinho à diretora da creche.

— Doralice, a mãe deles, me deu os garotos. Pegue, por favor, as certidões de nascimento deles, ela me falou que estão aqui. Os dois não voltarão mais à creche. Um casal de uma cidade muito longe irá adotá-los.

Com os documentos dos garotos, a senhora saiu. Os dois socorristas acompanharam-nos. Na casa, o casal vibrou de alegria ao vê-los.

— Vamos embora amanhã cedo — decidiu a mãe adotiva —, vou comprar para eles muitas roupas, brinquedos; vou, no começo, para que não estranhem, fazer de tudo para agradá-los, irei levá-los ao médico e ao dentista. Já amo os dois!

O pai concordou e ficou admirado ao vê-los se alimentarem, comeram bastante.

— E Glorinha? — quis o menino mais velho saber.

— Ela está muito feliz por vocês irem morar numa casa grande e com muitos brinquedos — falou a senhora.

A empregada chegou com muitos pacotes. Tinha ido comprar roupas e brinquedos. Os garotinhos se entusiasmaram com os presentes.

— *Eles ficarão bem* — opinou Carlos. — *O casal já os ama.*

Voltaram ao lar de Glorinha. No horário de costume, a garota foi à creche e teve a confirmação de que os irmãos tinham ido embora. Retornou para casa, a mãe a esperava.

— E então? Eles foram embora?

— Sim, foram.

Em seguida, Geralda chegou.

— Onde estão os meninos? Menina preguiçosa, você não foi buscá-los? Vá já!

— Vovó, eu fui, eles não estavam lá. Mamãe os negociou com uma senhora.

— Eu os dei — contou Doralice. — Uma mulher vai levá-los para uma cidade grande. Um casal irá adotá-los. Disse até que mudarão de nome. Meus filhos ficarão bem.[2]

— Você não presta mesmo. Eu, por mais que tenha passado privações, não dei você. Quanto recebeu? Metade é meu!

As duas começaram a discutir, Glorinha correu para o quarto e se encolheu num canto da cama. As duas mulheres chegaram a se estapear, gritaram e se xingaram. Doralice deu dinheiro à mãe, que saiu de novo, indo com certeza pagar algumas dívidas e se embriagar. A mãe de Glorinha contou o dinheiro.

---

2. N. A. E.: No tempo e no local onde ocorreu este fato, a adoção era mais fácil.

"Com isto, pago as dívidas; com este, farei uma festa esta noite; e guardarei este pacote. Terei dinheiro por alguns meses."

— Glorinha — chamou Doralice —, jante toda a comida, sua avó saiu e logo sairei também. Quer beber esta pinga? Faço para você com limão e açúcar.

— Não, não quero — respondeu a menina.

— Está bem, mas não fique triste. Seus irmãos ficarão bem. Vou me arrumar.

"Esta garota", pensou Doralice, "é muito magrinha e feia. Poderá, num aperto, me dar algum dinheiro. Posso vendê-la ao traficante que gosta de meninas."

Foi se arrumar. Noeli não conseguiu segurar as lágrimas. Carlos estava tranquilo.

— *Vou dar energias à garota. Depois vamos ver se conseguimos levá-la para outro lar.*

Os dois socorristas continuaram com a ajuda. Novamente, foram à costureira e insistiram.

— *A senhora não sabe quem poderia ficar com a garota de Doralice?*

À noite, quando a costureira dormiu, os dois conversaram com ela, seu perispírito se afastou do corpo adormecido.

— *A senhora não poderia nos ajudar? Queremos arrumar um lar para Glorinha, a filha de Doralice* — pediu Noeli.

— Tenho pensado muito nesta menina. Estou distraída costurando e, de repente, penso nela. O que posso fazer?

— *Pergunte. Você conhece muitas pessoas. Talvez alguém queira ficar com ela.*

Foram atendidos; já no outro dia, a costureira perguntou às suas freguesas, conhecidos e vizinhos. Uma senhora se interessou, mas Carlos e Noeli não gostaram, pois esta senhora pensou:

"Aquela garota é trabalhadeira, cuidava dos irmãos, faz todo o serviço da casa. Glorinha pode vir para minha casa como empregada. Claro que estará melhor, irá se alimentar e terá roupas."

Instruída, a costureira indagou o porquê do interesse e não gostou da resposta.

"Não é justo a menina sair do ruim e ir para o pior. Vou continuar procurando."

E encontrou: era uma mulher conhecida e freguesa, uma professora aposentada, iria morar sozinha porque sua única filha ia se casar. Esmeralda foi falar com ela.

— Com certeza — falou a costureira à professora aposentada —, a garota deve estar com anemia, é magrinha, necessita de um lar, a avó e a mãe se embriagam e a maltratam. Se a senhora quiser ficar com ela, meu filho, que é sargento da polícia, tira-a da casa e a traz aqui.

— Estava me sentindo receosa de ficar sozinha. Penso que Deus está me ajudando. Ajudo a garota, e ela me fará companhia. Vou conversar com minha filha.

Novamente, Carlos e Noeli conversaram com mãe e filha quando seus corpos físicos dormiam. A filha gostou da ideia; com a mãe não ficando sozinha, ela ficaria mais sossegada. A senhora gostou de ter companhia e se apiedou da menina.

Com tudo resolvido, o filho da costureira, foi à casa de Doralice quando as três estavam em casa.

— Esta menina não pode morar mais aqui — falou o policial. — Ela é maltratada, todos sabem que vocês duas batem nela. Por estes maus-tratos, posso prendê-las. Como sou uma boa pessoa, não prenderei vocês, mas levarei a menina. E aviso para não irem atrás dela. A lei protege a garota. Se forem importuná-la, eu prendo vocês duas.

Geralda e Doralice, por terem cometido muitas imprudências, temiam a polícia. Com medo, não falaram nada. Sabiam que não agiam corretamente com a garota. Nem procuraram saber se o policial agia certo. O filho de Esmeralda fez isto somente com intenção de ajudar. Com certeza não conseguiria fazer isso nos dias atuais. O procedimento com certeza seria outro.

Glorinha estava assustada, o policial sorriu para ela, e Noeli tentou acalmá-la.

— Garota, arrume suas roupas e venha comigo! — ordenou o sargento.

Glorinha o fez rápido, despediu-se da avó e da mãe com um "tchau". O policial a levou à casa da professora aposentada. Mãe e filha se apiedaram quando a viram. Com carinho, cuidaram dos ferimentos dela, dos cabelos e, uma semana depois, sua aparência estava melhor. O médico receitou vitaminas, o dentista começou a tratar seus dentes, ganhou roupas novas. Ela estava muito contente, mas sentia medo de a mãe vir buscá-la.

Geralda e Doralice realmente ficaram com medo de serem presas e decidiram não ir atrás de Glorinha. Carlos e Noeli não as visitaram mais, e as duas continuaram se embriagando.

Vendo que a costureira tinha dores musculares pelos gestos repetitivos do seu trabalho, Carlos ajudou-a.

— *É um prazer auxiliar quem nos ajuda!* — exclamou Carlos.

Sua dores melhoraram.

Doralice desencarnou cinco anos depois, assassinada numa briga, e Geralda foi para um asilo.

Os dois meninos realmente ficaram bem, cresceram sadios, eram amados pelos pais adotivos.

A senhora deu aulas para Glorinha e a matriculou na escola. Ela tornou-se sadia, educada, era atenciosa com sua protetora, e as duas gostavam muito uma da outra, tornaram-se grandes amigas. Glorinha formou-se professora e foi ser mestre numa escola. Com seu primeiro ordenado, comprou flores, levou ao túmulo de Noeli e agradeceu a ajuda recebida. Também comprou roupas, alimentos e levou para a avó no asilo.

— Você trouxe pinga? — perguntou Geralda. — Não? Neta ingrata! Leve tudo de volta.

Mas pegou tudo. Geralda não agradeceu. Glorinha sentiu pena da avó e passou a levar coisas para ela todos os meses. Esta foi a tarefa com que Noeli mais se comoveu, talvez por ter sido o primeiro trabalho, e da qual sempre se recordava com detalhes.

14º capítulo: Outras tarefas

Noeli estava aprendendo muito fazendo parte da equipe. O grupo auxiliava sanando dores, aconselhando e orientando aqueles que lhes pediam graças. Também estavam sempre no hospital e intuíam os médicos Daniel e Antero, que normalmente recebiam as intuições nos diagnósticos das doenças dos pedintes.

Muitos dos pedidos envolviam os moradores do plano espiritual. Eram desencarnados que voltavam aos seus ex-lares, perturbando-se e, consequentemente, desarmonizando os familiares. Quando isto ocorria, conversavam com os espíritos, mostrando a eles os inconvenientes de se vagar sem rumo, que estavam prejudicando a si mesmos e àqueles de quem gostavam. Alguns casos eram mais fáceis, os sobreviventes do plano físico compreendiam e aceitavam a ajuda oferecida, iam para o posto de socorro. Outros eram mais difíceis, não queriam deixar a família, sua casa e, às vezes, os bens materiais que erroneamente julgavam ser deles. E muitos destes socorridos ficavam por pouco tempo no posto; sentindo-se melhores, saíam sem permissão. Era preciso também insistir com os encarnados para não chamarem seus desencarnados queridos, não pedir nada a eles, porque, ao fazerem isto, o recém-socorrido, sentindo ser chamado, solicitado, acabava por atendê-los e, sem permissão, não sabendo ajudar, novamente se perturbava, e a desarmonia continuava no lar.

— *Como é diferente quando a família não se desespera com a mudança do ente querido e, através de orações e bons pensamentos, ajuda-o a se adaptar à nova maneira de viver!* — exclamou Noeli.

Uma mãe, acompanhada do filho, um rapazinho de dezessete anos, foi ao cemitério, com flores, pedir auxílio. O rapaz, Frederico, estava magro, abatido, fazia tratamento médico. Ouvindo a mãe, a equipe soube que o mocinho, havia oito meses, começara a desmaiar, passando mal, às vezes vomitava e, nestas ocasiões, falava e ninguém entendia o que dizia. Passada a crise, Frederico não se lembrava de nada. Estava se alimentando pouco, emagrecera muito, tinha medo de dormir. O médico lhe receitara muitos remédios.

— *Ele está sendo obsediado* — diagnosticou Nenvis. — *O desencarnado que o está deixando enfermo está logo ali, ficou na entrada do cemitério. Maria, Carlos, deem passes nele e na mãe, os incentivem a orar. Venha comigo, Noeli, irei conversar com este desencarnado que, no momento, está como obsessor. Com certeza você aprenderá muito escutando-nos. Se não abaixarmos nossa vibração, este espírito não nos verá nem nos escutará. Eu modificarei minha vibração, terei uma aparência mais grosseira. Você não, somente escutará para aprender."*

Noeli acompanhou o orientador da equipe. Ela se admirou com sua transformação: seu perispírito tomou a forma e um homem alto, magro, barba até o peito, cabelos ruivos, e suas roupas eram grosseiras.

— *Tive esta aparência em uma das minhas encarnações. Basta lembrar dela e ter vontade de me modificar para fazer esta transformação. Isto ocorre porque aprendi.*

Aproximaram-se do desencarnado, que estava atento, olhando mãe e filho.

— *Boa tarde! Como vai?*

Nenvis cumprimentou o desencarnado, que se assustou. Noeli observou-o: ele aparentava ter desencarnado com quarenta anos. Devia ter sido bonito, mas a expressão de ódio e rancor modificaram sua aparência perispiritual: seus olhos estavam avermelhados, lábios cerrados, cabelos sujos e embaraçados, usava roupas pretas e sujas. Ele não viu Noeli; olhou para Nenvis e indagou:

— *Quem é você? Não o conheço e não converso com quem não conheço.*

— Sou Nenvis. Pronto! Agora nos conhecemos. Como se chama?

— Nenvis? Nome estranho.

— É sobrenome. Todos me conhecem assim.

— Chamo-me Charles. Já fui importante.

— O que está olhando? O túmulo da Santinha? Vai pedir graças a ela? — perguntou o orientador da equipe.

— Desencarnados também podem pedir?

— Claro! Somos todos vivos — respondeu Nenvis.

— Vou pedir à Santinha para não atender àquela mãe e a seu filho.

— Não gosta deles?

— Dela, não gosto por ser mãe dele. Odeio Margarida! — respondeu Charles.

— Margarida? O rapaz se chama Frederico.

— Você sabe das coisas. Por quê? É intruso? Quer ser preso no umbral? Amarro você e levo para lá.

— Não sou intruso, sou curioso.

— Claro que sei que agora ela se chama Frederico. Margarida era o nome que usava em sua outra existência. Ela me fez muito mal e se escondeu num corpo masculino — falou Charles.

O diálogo foi longo. Em frente ao túmulo, mãe e filho rezavam um terço. Por orarem, Carlos e Maria conseguiram tirar a energia negativa que envolvia os dois e doar a eles a benéfica, por isso ambos se sentiram melhor. Nenvis disse a Charles que vagava por ali e gostava de conversar. Charles contou que, na encarnação anterior de Frederico, ele fora mulher e que muito o prejudicara. Seduziu-o, o fez assassinar a esposa para ficar com ela e, logo depois que se casaram, o traiu. Ele, irado, assassinou Margarida quando descobriu que ia fugir com outro. Disse que sofreu muito por ser desprezado, traído e a culpava por ter feito dele um assassino. Ele desencarnou por doença, sofreu na zona umbralina, e isto somente aumentou o ódio por ela. Quando sua perturbação melhorou, foi procurá-la, demorou para encontrá-la e se surpreendeu: Margarida reencarnara como homem. Ele achava que sua esposa do passado se escondera dele.

— *Agora que a encontrei* — completou Charles —, *vou castigá-la!*

Nenvis continuou tranquilo, olhando-o, o obsessor foi ficando sonolento e adormeceu. O orientador do grupo pegou-o no colo.

— *Vou levá-lo a um local, num centro espírita, e, numa reunião, será orientado. Venha comigo!*

Noeli se entusiasmou, conhecer um local onde seguiam as orientações de Allan Kardec era seu desejo. O local do plano físico era simples: cadeiras, uma mesa e uma estante de livros. Havia, acima, uma construção no plano espiritual, um posto de socorro. Um trabalhador desencarnado do local os recebeu, cumprimentou-os contente. Nenvis explicou o motivo da visita.

— *Vim trazer um desencarnado que somente pensa em vingança. Charles precisa de auxílio e esclarecimento.*

— *Charles* — disse o trabalhador do posto de socorro — *ficará conosco adormecido em um dos nossos leitos até amanhã à noite, quando teremos a reunião de orientação. Vamos conversar com ele.*

Nenvis contou ao tarefeiro o que ocorria e completou.

— *A mãe de Frederico foi, em sua encarnação passada, a primeira esposa de Charles, que foi assassinada por ele e recebeu, nesta encarnação, a ex-amante do marido por filho e o ama muito. Um dos irmãos de Frederico foi filho dele.*

Deixando-o adormecido, despediram-se. Noeli, curiosa, perguntou:

— *Como sabe disto?*

— *Depois de muitos anos em trabalho de socorro, aprendi muito. Às vezes basta observar com atenção para saber muitas coisas de um espírito. Vi Frederico e a mãe orando, os observei e também o Charles. Não fiz isto por curiosidade, mas para socorrer todos os envolvidos nesta ajuda que pretendemos fazer.*

Por outros afazeres, Nenvis e Noeli não foram à reunião. No outro dia, foram ao centro espírita para conversar com Charles. Encontraram-no muito triste.

— *Charles, lembra-se de mim? Sou o Nenvis, um desencarnado que trabalha tentando ajudar as pessoas que vão pedir graças para a Santinha. Frederico e a mãe pediram. Ao vê-lo acompanhando-os, e, ao conversar com você, quis auxiliá-lo e o trouxe para cá.*

— *Estava tão focado em me vingar que não pensava em mais nada* — contou Charles. — *Esqueci-me de que assassinei minha primeira esposa, que a separei dos nossos três filhos. Procurei somente por Margarida, a mulher que amei e que me desprezou, meu desafeto, e nem quis saber daqueles de quem gostei e que me amaram. Foi muita surpresa quando, auxiliado pelos bondosos trabalhadores desta casa, vim a saber quem são as pessoas que estão ao seu lado. A mãe de Frederico foi, no passado, minha esposa; era honesta e boa e, nesta encarnação, aceitou por filho a minha amante. Prejudicando-o, estava maltratando a família toda. A mãe dele é novamente muito dedicada, está preocupada e sofre ao ver o filho adoentado. Meu filho, que gostava muito, agora é filho dela novamente e de outro homem, um bom pai e excelente esposo, o companheiro que ela merece. A família toda, principalmente os pais, estão apreensivos ao ver Frederico enfermo.*

— *O pior, Charles, é o que estava fazendo com você* — disse Nenvis.

— *Como "comigo"?* — perguntou Charles.

— *Estou lembrando, quando estava encarnado, de duas vizinhas. Ambas eram costureiras. Uma se dedicava ao trabalho e a aprender cada vez mais seu ofício. A outra, curiosa, gostava muito de saber o que acontecia com as pessoas, vigiava os vizinhos e fofocava. A primeira teve sucesso e a outra não.*

A segunda acabou por entender que cuidava mais da vida de outras pessoas do que da dela, que perdera tempo, e que o tempo é precioso. Você, Charles, estudou no plano espiritual, conhece muitas colônias, postos de socorro, fez muitos amigos, toca perfeitamente piano e...

— *Não fiz nada disto. Você está enganado* — interrompeu Charles.

— *Ah, é mesmo! Você cuidou da vida de outra pessoa e esqueceu da sua! Quando, Charles, cuidamos da nossa vida, coisas boas nos acontecem. Você errou e preferiu colocar a culpa de seus erros no seu próximo. Todos nós deveríamos assumir os atos indevidos que cometemos. Você deveria ter pedido perdão, perdoado e ter cuidado da sua vida.*

— *Compreendi. Não precisava ter matado minha primeira esposa nem a segunda. Sou um assassino! Estou entendendo isto agora. Foquei no que recebi e não no que fiz. Perdi tempo. Em vez de cuidar de minha vida, quis controlar a vida dela, que ainda amo, talvez por isso sentisse tanto rancor.*

— *Ainda tem tempo. Charles, aproveite a oportunidade, vá aprender a ser útil, faça atos bons e se prepare para reencarnar. Cuide de você sem esquecer de fazer o bem aos outros. Porque todos os nossos atos nos pertencem.*

Charles agradeceu, estava decidido a aproveitar a oportunidade oferecida. Nenvis e Noeli despediram-se e voltaram aos seus afazeres.

— *Será que Charles não volta para perto de Frederico?* — perguntou ela.

— *Penso que não. Isto porque ele se comoveu ao saber que a mãe de Frederico foi sua primeira esposa. Este fato foi um grande exemplo para ele e para nós. Esta mulher é, com certeza, um espírito que progride. Frederico melhorará, vamos incentivá-lo a orar. Porque, mesmo sem a presença de Charles, este jovem tem muito que aprender e a resgatar. Foi muito leviano na sua encarnação anterior e cometeu muitas maldades.*

Frederico e a mãe voltaram ao cemitério para agradecer. Ele melhorou, estava novamente disposto e se sentia melhor. Charles realmente compreendeu, foi cuidar de sua vida e não retornou mais para perto dele.

Todas as vezes que concluíam uma tarefa, que conseguiam atender às rogativas, Noeli se sentia contente. O tempo todo estavam trabalhando. Os necessitados eram muitos.

Numa bela manhã de domingo, uma moça, ao orar diante do túmulo, chamou a atenção de Noeli. Nenvis estava com ela, os outros estavam tentando resolver outro problema.

— *Que coincidência!* — exclamou a neta de Maria. — *Ontem um homem, viúvo, com dois filhos pequenos, veio aqui pedir para que eu o ajudasse a arrumar uma boa moça para casar e auxiliá-lo com os filhos. E hoje aqui está Maria Isabel pedindo um marido! Queria ajudá-la!*

— *Talvez possamos unir os dois* — falou Nenvis —, *o viúvo e esta moça. Vamos, primeiro, verificar se ela é boa pessoa e se poderá ser uma madrasta dedicada. Gostaria de, como sempre fazemos, ajudar visando ao bem-estar de todos os envolvidos, principalmente as crianças.*

Noeli quis auxiliar Maria Isabel a ter um lar. Ela morava com o irmão e a cunhada. Sonhava em ter sua casa, marido e filhos. Clara verificou se ela seria boa para os órfãos. Contente, constatou que Maria Isabel era boa pessoa e incapaz de fazer maldades. Foram visitar a família do viúvo. A esposa, desencarnada, estava socorrida, recuperava-se, mas estava preocupada com os filhos. Queria que eles ficassem bem. O pai das crianças também era boa pessoa e estava difícil para ele trabalhar e cuidar dos filhos. Ouviram eles combinarem de ir, domingo pela manhã, ao cemitério levar flores ao túmulo da esposa e mãe. Clara fez de tudo para Maria Isabel ir também ao cemitério no mesmo horário, ela foi. Encontraram-se. A menina, filha do viúvo, caiu, e Maria Isabel foi ajudá-la. Os dois adultos se apresentaram e falaram das crianças. Saíram os quatro do cemitério e foram tomar sorvete. Trocaram informações sobre si enquanto as crianças brincavam no parquinho. O viúvo convidou Maria Isabel para sair à noite, ela aceitou. Depois deste encontro, passaram a namorar e, oito meses depois, casaram-se. Os dois pagaram as promessas. Embora com os problemas corriqueiros que os encarnados enfrentam, o casal e os filhos passaram a viver melhor e tiveram muitos momentos de alegria.

Outro caso que também marcou Noeli foi o de outra mãe que viera pedir pelo filho. Sua rogativa foi:

— Santinha, nos ajude! Tenho oito filhos, e um deles nasceu deficiente. O parto dele foi difícil e o menino teve paralisia cerebral. Cuidamos dele com amor, amo-o muito, talvez mais que os outros, por ser enfermo. Sei que ele não irá sarar, não é isto que lhe peço. Meu Nenê, é como o chamamos, ultimamente parece estar perturbado. Penso que o Coisa-ruim, um demônio, mexe com ele, deixando-o inquieto. Por favor, nos ajude!

— *Vamos ao lar desta senhora ver o que acontece* — determinou Nenvis. — *Ela mora em outra cidade, veio aqui somente para lhe pedir auxílio.*

Foram Nenvis, Carlos, Maria e Noeli. O lar era simples e, como ainda a filha de Violeta notava, era limpo. No sofá da sala, estava uma criança deitada. Ele era pequeno, magro, movimentava somente a cabeça, os olhos, não falava, mas escutava. Uma de suas irmãs alimentava-o, dava um caldo na boca, ele babava.

— *Nenê* — comentou Nenvis —, *com toda a certeza, resgata, pela dor, as imprudências cometidas no passado. Vamos dar um passe nele. Desencarnados imprudentes devem estar envolvendo-o com energias negativas.*

Os quatro socorristas se concentraram e anularam as energias malévolas do menino e da casa, envolvendo-os com energia benéfica. Nenê parou de babar e se alimentou melhor.

Logo entraram na casa três desencarnados desarmonizados pelos sentimentos ruins. Dois homens e uma mulher, que estava perturbadíssima.

Conversando com os desencarnados envolvidos nesta obsessão, ficaram sabendo que, na desencarnação passada de Nenê, ele fora um rico proprietário de terras. Viciado em jogos, perdeu muito dinheiro e acabou falido. Morava numa casa enorme, numa fazenda, com seus pais e um irmão. Temendo a falência, planejou matar a mãe, o pai, o irmão e depois se suicidar. Assassinou os pais enquanto dormiam. O irmão acordou e lutou com ele, mas foi morto. Com o barulho da luta, um empregado, que era vigia da propriedade, ao ver o que acontecia, também foi assassinado. Uma empregada também foi morta ao tentar ajudar o vigia. E, como planejou, suicidou-se. Todos os envolvidos se perturbaram com a desencarnação e sofreram. Foi, para os pais, uma mudança de plano muito penosa, a decepção foi grande ao saber que foram assassinados pelo filho. Porém, acabaram por compreender, perdoar e foram socorridos. O irmão e o empregado não perdoaram e mantinham a ex-empregada, que estava muito perturbada, com eles. A primeira a receber ajuda foi a mulher, que aceitou o socorro. O mais difícil foi o ex-empregado. Ele, quando encarnado, cometera muitos atos indevidos, matou duas pessoas e sentia muito ódio. O desencarnado que fora irmão de Nenê, depois de muitas conversas com o grupo e por ter ido três vezes ao centro espírita e recebido orientação, resolveu perdoar. Ele achou muito bonita a passagem do Evangelho em que Jesus perdoa seus algozes. Ele também recordou de suas outras encarnações e soube que fora um assassino. Foi levado para um posto de socorro longe dali e planejou aprender a viver no plano espiritual e a ser útil.

O ex-empregado deu mais trabalho à equipe, que, por oito meses, visitaram todos os dias o lar de Nenê. O garoto melhorou, estava mais tranquilo e se alimentava melhor.

— *Você* — disse Nenvis ao obsessor — *sabe bem o que é a desencarnação e reencarnação. Todos nós passamos por estes processos. Você sofreu ao desencarnar. Já pensou que terá de voltar ao plano físico? Você tem acompanhado o que aconteceu com Nenê. Ele voltou a vestir um corpo de carne. E sabe também que ele sofreu muito quando veio para o plano espiritual como assassino e suicida. Está agora reencarnado e, como foi planejado, ficará somente mais uns anos neste corpo enfermo e, quando desencarnar, desta vez, será socorrido. Pelo sofrimento que está enfrentando, se equilibrará e voltará a ser sadio. E você, o que fará depois? Está focado somente em se vingar. Não tem objetivo. Reencarnará? Como será sua volta à matéria densa?*

— *Não quero reencarnar!* — exclamou o obsessor em tom alto.

— *Tem poder sobre isto? A reencarnação faz parte da nossa vida. Porque ora estamos no Além, ora no Aquém.*

— *Serei como ele?*

— *Você pode sentir como será seu corpo físico. Sabe o que merece melhor do que eu* — respondeu Nenvis tranquilamente. — *Porém, temos muitas formas de resgatar nossos erros, e a melhor maneira é fazendo o bem. Se Nenê, quando desencarnado, não estivesse tão perturbado, poderia ter escolhido outra maneira de resgatar suas imprudências. Nada na espiritualidade é regra geral, pessoas podem ter deficiências por escolha, prova... Os motivos são muitos.*

— *Penso que minha reencarnação não será nada fácil.*

Percebendo que este espírito se preocupava com este fato, Nenvis insistiu neste assunto, deixando-o pensativo. Depois, o orientador do grupo o levou para visitar diversos lares, onde o ex-empregado percebeu a diferença nas maneiras de viver.

— *Aqui* — mostrou Nenvis — *estão reencarnados espíritos que estão aprendendo a ser úteis. Estes outros deverão ter momentos maiores de dor como aprendizado, e estes, se não resgatarem seus erros pelo amor, fazendo o bem, a dor virá para tentar ensiná-los.*

O ex-empregado prestava muita atenção. Aproveitando que ele estava menos rancoroso, o orientador do grupo indagou:

— *Onde e como estão os dois espíritos que você assassinou?*

— *Como?* — ele se assustou.

— *Você não assassinou duas pessoas? Não colocou fim nas existências físicas delas? Elas queriam morrer?*

— *Não! Penso que eles não queriam morrer. Não sei deles. Por que será que me esqueci destes dois homens? Não pensei neles. Pensava somente que fui assassinado.*

— *Isto ocorre* — respondeu Nenvis. — *Devemos prestar atenção nas nossas atitudes porque estas nos pertencem.*

— *Eles não quiseram se vingar! Será que me perdoaram?*

— *Com certeza o perdoaram e foram cuidar de si mesmos. Se você mudar o rumo de sua vida, poderá, no futuro, saber destes dois espíritos e, quem sabe, um dia, pedir perdão.*

— *Deveria ter me lembrando deles e seguido seus exemplos. Com certeza seria bem melhor para mim, seria mais feliz* — falou o ex-empregado se lamentando.

— *Você tem como mudar.*

Ele pediu para ir a um abrigo, afirmou que perdoara, que queria pedir perdão e se melhorar. Nenvis o levou para um posto de socorro no umbral. De abrigado, logo passou a ajudante. Gostou de trabalhar e tornou-se um bom auxiliar. Com companheiros, ia por todo o umbral em redor do posto, socorrendo espíritos que sofriam. Nenê, sem a presença de seus ex-obsessores, ficou mais tranquilo. A equipe continuou a visitá-lo. Um dia ele estava gemendo e perceberam que ele estava com dor de dente. A irmã conseguiu receber a intuição de Maria e o levou ao dentista, que optou por extrair todos os dentes. Nenê desencarnou cinco anos depois que o viram pela primeira vez, sua mudança de plano foi tranquila, foi socorrido e levado a uma colônia. Não ficou muito tempo no plano espiritual e reencarnou, desta vez num corpo sadio.

Sempre tinham muito o que fazer. Além de atender aos pedidos, e muitos eram trabalhosos, a equipe ajudava os tarefeiros no pequeno posto de socorro do cemitério e do hospital. Também aproveitavam o tempo para estudar. Noeli amava o que fazia.

15º capítulo: Trabalho realizado

A equipe era unida por uma amizade sincera, por todos terem o mesmo objetivo: fazer o bem. Noeli aproveitava para aprender; interessada realmente, o conhecimento se consolidava. Conheceu outras equipes que, como a deles, atendiam rogativas. Na igreja da cidade, João e quatro desencarnados tentavam ajudar em nome de Nossa Senhora, de Jesus, Santo Antônio e outros santos.

— *João* — explicou Nenvis — *é muito dedicado, trabalha há cinquenta anos atendendo pedidos feitos à mãe de Jesus.*

Noeli gostou de conhecê-lo. Conversar com ele era receber lições.

— *Quando encarnado* — contou João —, *era devoto de Nossa Senhora. Desencarnado, quis saber como a mãe de Jesus atendia tantas pessoas. Conheci equipes que trabalham em seu nome. Estudei e me preparei para fazer parte de um grupo de tarefeiros que atende pedidos feitos a Maria de Nazaré. Amo muito o que faço. Nestes anos, a equipe está sempre mudando. Uns vêm, outros vão. Os casos mais simples, nós mesmos atendemos; os mais dificultosos, vem da colônia um orientador para nos auxiliar. Infelizmente, não podemos atender todos os pedidos. Alguns são como o de uma criança que pede para brincar com uma faca afiada e, se receber, poderá se machucar.*

— *Sei disto* — falou Noeli. — *Ontem uma mulher me pediu para que adoecesse a amante do marido, fazer com que ela tivesse um câncer.*

— *Não faz nem meia hora, recebemos um pedido para que castigássemos, fizéssemos justiça com um assassino. Se eles entendessem a lei da ação e reação, compreenderiam que este assassino deverá receber o retorno. O certo é que deveriam rogar pelo desencarnado, que foi vítima, e pedir a Nossa Senhora que os ajude a perdoar e a amar. Todos os que oram são auxiliados* — João continuou a explicar —; *às vezes não podemos ou não conseguimos atender o que pedem, mas tentamos orientá-los, dando energias benévolas.*

— *Esta mulher* — contou Noeli —, *que pediu para adoecer a amante do marido, tentamos acalmá-la, conversamos com ela esta noite e pedimos para ter paciência, não desejar mal a ninguém e cuidar de sua saúde. Hoje, pela manhã, conseguimos intuir uma amiga dela, que nos atendeu, e lhe deu bons conselhos. Iremos visitá-la mais vezes e insistir para orar e ter bons pensamentos.*

João e equipe também trabalhavam no posto de socorro.

Nenvis levou Noeli ao departamento da colônia onde recebiam pedidos. O local é espaçoso, com várias escrivaninhas e uma mesa grande no centro. Na entrada, uma recepcionista anota os pedidos dos desencarnados.

— *Os moradores da colônia também pedem graças?* — perguntou Noeli admirada.

— *Sim* — respondeu Nenvis —, *não somente da colônia, mas também dos trabalhadores dos postos de socorro que vêm aqui em busca de auxílio. No departamento, chegam tanto pedidos de encarnados como dos que vivem no plano espiritual e estão vagando e daqueles que sofrem. Os espíritos que aqui vêm normalmente pedem por familiares, amigos que ainda estão no plano físico ou por entes queridos desencarnados que estão vagando ou sofrendo no umbral. E, como todas as rogativas, são analisadas e atendidas de acordo com a necessidade.*

— *É valido pedir para outra pessoa?*

— *Podemos rogar por auxílio a outras pessoas. Cada caso é um caso. Mãe que pede para o filhinho que ainda não sabe rogar por ajuda, por exemplo. Recebemos muitos pedidos por doentes que também não conseguem rogar. São muitos os pedidos atendidos nestes casos. Porém, lembro-a novamente de que, quando encontramos receptividade, é mais fácil a pessoa receber. Está vendo aquela senhora?* — Nenvis mostrou uma mulher que estava sentada na sala de espera. — *Vem muito aqui e pede pelo filho que está no umbral. Mas ele é morador da zona umbralina e, no momento, afirma gostar de lá e não querer outra vida, recusa-se a ser orientado, socorrido. A mãe costuma ser persistente, o orientador do departamento me disse que logo irá levá-la até o filho para que ela converse com ele. É o que a equipe do departamento pode fazer por esta senhora.*

— *São muitos os pedidos!* — exclamou Noeli admirada.

Tanto na mesa como nas escrivaninhas, havia pilhas de pedidos anotados.

— *Aqui tudo é muito organizado* — disse Nenvis.

Noeli, vendo o trabalho de vários tarefeiros, entendeu que realmente aqueles que oram com fé tornam-se receptivos a seus pedidos. Muitas vezes não recebem o que pedem, mas a resposta da oração é a ajuda do que mais lhes convêm no momento. Muitos recebem o que pediram. No departamento, trabalham muitos desencarnados; a algumas rogativas, eles mesmos atendem; outras são levadas a equipes que trabalham próximo ao pedinte. A maioria dos pedidos feitos no Brasil é para Nossa Senhora, e são muitas as equipes de socorristas que atendem em seu nome. Uma verdadeira legião de trabalhadores que, por estas tarefas, aprendem muito.

— *A mãe de Jesus, Maria, atende a alguns pedidos?* — Noeli quis saber.

— *Maria é um espírito ativo, trabalhadora incansável, mãe amorosa, ela está sempre visitando equipes, incentivan-*

do-as e agradecendo por atenderem em seu nome. Penso que, em algumas ocasiões, ela atende. São verdadeiras graças.

Noeli também soube que, normalmente, nestes departamentos, tem sempre uma equipe mais experiente, que se junta a outras para resolver assuntos mais complexos. Gostou muito de conhecer esses departamentos.

Violeta encontrava-se sempre com a filha, ela continuava morando na colônia, trabalhava no hospital e estudava muito. Era muita alegria quando ela visitava a equipe.

João Luiz também os visitava.

— *Madrinha* — contou ele —, *aprendi a amar Gracia como irmã, como eu queria. Ela ama o marido e agora estão bem. Visito-a e a ajudo quando possível. Faço parte agora de uma equipe que auxilia as pessoas na zona rural. Estou gostando demais desse trabalho. Quero pedir para reencarnar junto deles, ser filho de uma menina que logo se tornará moça e, com certeza, se casará. O meu orientador me afirmou que pode dar certo.*

João Luiz, como sempre, estava entusiasmado: ele era ativo e aproveitava as horas livres para estudar e se dedicar à agronomia. Ele foi atendido: anos depois reencarnou na família escolhida. Noeli o visitava, era um belo menino e sadio.

Ela sabia dos amigos, visitava-os sempre que possível e conversava muito com os trabalhadores do posto de socorro. Padre Ambrózio costumava vê-los. Ele pediu para não chamá-lo mais de "padre".

— *"Padre", "sacerdote"... fui quando encarnado. Aqui sou somente Ambrózio, o aprendiz.*

Ambrózio se dedicou a ajudar, ficou na colônia, estudava e trabalhava no hospital.

A cidade, depois que Ambrózio desencarnou, ficou sem padre por três meses. Depois chegou um sacerdote idoso para ficar provisoriamente, porém acabou permanecendo três anos e quatro meses. Este padre cumpria com os seus deveres de sacerdote, mas sem se envolver com os problemas da comunidade, para ele tudo estava certo. Sentindo dificuldades para cumprir sua tarefa, pediu para voltar ao convento. Novamente, a cidade ficou sem padre por oito meses. O sacerdote da metrópole vizinha vinha aos domingos celebrar a missa. Foi designado então, para ocupar o lugar de Ambrózio, um jovem padre que trabalhou bastante para organizar tudo, pôr tudo em ordem.

Mas, como sempre temos os "mas", ele prestou atenção nas graças que seus paroquianos recebiam da Santinha. Quis saber quem foi ela. Várias mulheres contaram como foi a vida de Noeli, as graças que muitas pessoas receberam e pediram para fazer o processo de santificação.

— Seria muito bom para nós e para a cidade termos uma santa — entusiasmou-se uma senhora.

O padre não gostou do que ouviu nem do entusiasmo de suas paroquianas.

— Esta mulher — concluiu o padre — não pode ser santa. Não era católica.

— Era sim — afirmou outra mulher —, era batizada, o padre Ambrózio benzeu o corpo dela quando faleceu.

— Ela não frequentava a igreja, não vinha à missa, não confessava nem comungava. Não pode ser santa!

Achando um absurdo seus paroquianos fazerem romaria ao cemitério no túmulo de Noeli, pedindo graças, o padre primeiro aconselhou:

— Local de orações é na igreja, que é a casa de Deus. Pedidos e rogativas devem se fazer a Deus, a Jesus, à Nossa Senhora e aos santos.

Conversou muito com as pessoas, principalmente com as mulheres e acabou por proibir.

— Isto é sacrilégio! É pecado! Quem for ao túmulo desta mulher deve se confessar, porque pecou.

A peruca com os cabelos de Noeli, depois que Mariana sarou, passou para várias pessoas que, mesmo tendo cabelos, a usavam para sarar de alguma doença. Teve até lista de espera. Então começaram a cortar os cabelos e cada um ficava com um feixe. Muitas pessoas sararam ou se sentiram melhor pelos fluidos recebidos da equipe. O padre acabou pegando a peruca, que estava feia por ter sido muitas vezes cortada, e a colocou no fogo; também por ameaça de que era pecado, pegou vários feixes do cabelo e os queimou.

Algumas pessoas passaram a ir escondidas ao túmulo, e as flores e os pedidos diminuíram. Numa tarde, Nenvis e Noeli escutaram duas mulheres conversando em frente ao túmulo.

— Vim pagar a promessa. Embora o padre tenha me afirmado que não precisava pagar nada porque não obtive graça nenhuma da Santinha. Fiquei na dúvida e, pelo sim, pelo não, achei melhor vir pagar. Promessa é dívida! Não vou pedir mais nada para a Santinha.

— Não a chame mais assim — aconselhou a outra mulher —, o padre não quer, disse que Sofia não é santa. E, se insistirmos nisso, vamos ser excomungadas.

— O que vem a ser isto mesmo?

— Procurei no dicionário e vim a saber que é "pena que exclui dos sacramentos e orações da igreja e dos gozos de alguns bens espirituais". A pessoa excomungada é amaldiçoada, separada da igreja para sempre. E, como o padre fala, irá para o inferno.

— Será que a igreja tem tanto poder assim? — perguntou a que pagava a promessa.

— Não sei, mas tenho medo. Não quero ir para o inferno por causa disso.

As duas saíram logo da frente do túmulo; Noeli, curiosa, perguntou ao seu orientador:

— *Você já viu um excomungado? Sabe o que acontece com ele?*

— *Já fui, uma vez, excomungado. No ano de 1649, reencarnado na Espanha, fui sacerdote; não concordando com as atitudes de meus superiores e por lhes chamar a atenção, fui excomungado, preso e envenenado. Não fez diferença para mim, desencarnei com bons sentimentos, pedi perdão a Deus e perdoei, fui socorrido e fiquei bem no plano espiritual. Porém, um companheiro de cela, sacerdote também, recebeu a mesma pena que eu por ter agido erroneamente se envolvido com uma moça de família influente. Desencarnamos juntos pelo mesmo veneno. Ele, com ódio e não perdoando, sentiu-se excomungado e vagou sofrendo por anos. Sentir ou não esta maldição depende dos sentimentos da pessoa; para os bons, não fará diferença e, para os imprudentes, são as atitudes dele que o farão sofrer.*

O padre realmente não queria que pedissem graças à Santinha. João, o orientador da equipe da igreja, estava preocupado com o sacerdote, ele não os aceitava nem quando seu espírito estava afastado do seu corpo adormecido. Este padre não acatava opiniões contrárias às dele, era muito radical.

— *Tudo tem seu ciclo* — concluiu Nenvis —, *nosso trabalho nesta comunidade está findando. Isto estava previsto. É chegado o tempo de reencarnar.*

Planejaram, Nenvis, Maria, Carlos e Clara, de voltarem ao plano físico. Passaram a ir à Colônia para estudar, queriam se preparar bem para retornar à matéria densa. Voltaria ao plano físico, primeiro, Nenvis, e, dois anos mais ou menos depois, Carlos, que seria seu irmão. Maria seria filha de um casal próximo aos pais de Nenvis. Clara reencarnaria na mesma cidade. O orientador do grupo e Maria planejaram se casar e receberiam por filhas Violeta e Noeli. Clara e Carlos também planejaram ficar juntos.

— *Todos planejam a sua reencarnação?* — Noeli quis saber.

— *Infelizmente não* — respondeu Nenvis. — *Quando os moradores da Terra evoluírem mais, isto acontecerá, como ocorre em planetas cujos habitantes são mais evoluídos. Muitos planos são feitos, mas não temos certeza de que vão acontecer assim. Maria e eu, por exemplo, somos espíritos afins, estamos planejando reencarnar e nos unir, mas isto pode ocorrer ou não. Podemos não nos encontrar por diversos motivos como uma mudança da família, ou nos encontrarmos e nossa união não dá certo, ou ainda um de nós pode se interessar por outra pessoa...*

— *E aí, como fico? Serei filha de quem?* — perguntou Noeli.

— *Você terá de escolher ser minha filha ou de Maria ou até de outras pessoas. O que quero que entenda é que podemos planejar, mas nem sempre os planos se realizam porque temos o nosso livre-arbítrio. Na minha última encarnação, planejei ser filho de um amigo, na tentativa de ajudá-lo como filho amoroso. Ele se suicidou aos dezoito anos.*

— *O que aconteceu com seus planos?* — curiosa, Noeli quis saber.

— *Ajudei-o como pude* — respondeu Nenvis. — *Porém, o suicida tem de arcar com seu erro. Não pudemos mais ficar juntos. Reencarnei em outra família e ampliei meu círculo de amizades. Mas, respondendo à sua pergunta anterior, nem todos atualmente podem planejar sua encarnação. Planejar, com mais detalhes, somente o fazem espíritos que se dedicaram a fazer o bem, estudaram e consolidaram o que aprenderam no trabalho sendo úteis. Tenho visto desencarnados rebeldes que, sentindo ter de voltar ao plano físico, ficam perto de encarnados afins e reencarnaram na primeira oportunidade. Vemos então, crianças, adolescentes, cometendo maldades. Alguns desencarnados se encontram tão perturbados que tarefeiros que trabalham no Departamento da Reencarnação planejam suas voltas à matéria. A maioria faz somente planos sem muito fundamento ou convicção. Exemplo: um espírito foi socorrido, mas não se interessou em estudar nem em ser útil, passou anos continuando como vivia encarnado, sendo servido. Faz planos: "Reencarnarei nesta família cujo pai é meu amigo ou a que será minha mãe já foi minha irmã. Vou estudar medicina e me dedicar a cuidar de enfermos". Encarnado, muitas vezes, sente dificuldade para estudar, vai fazer outra coisa, ou, se estuda medicina, visa somente ao lado financeiro. São numerosas as tentações que levam muitos a não fazerem o que planejaram. Outro exemplo são os que querem ter mediunidade para fazer o bem: encarnados, não a querem e não fazem nada com a mediunidade. São normalmente planos supérfluos, diferem-se daqueles que realmente desejam, planejam, estudam e concretizam com a vontade firme. Porém, estes planos não podem ser vistos como acontecimentos fatais. Um amigo planejou ser cardíaco assim que se tornasse adulto, reencarnou e, na juventude, se dedicou a fazer tarefas humanitárias. Orando muito e recebendo bênçãos de agradecimentos, não adoeceu. Um outro conhecido seria sadio, mas passou a se embriagar, desencarnou dez anos antes do previsto e muito enfermo. Assim, modificamos o que foi planejado para melhor ou para pior.*

— Noto que você, Carlos, Clara e vó Maria às vezes ficam apreensivos por voltarem a reencarnar. Por quê? — perguntou Noeli.

— Nós quatro não temos a consciência pesada, não sentimos remorso, nem temos atos errados a reparar. Para que entenda, não temos carma negativo. Porém, temos provas a vencer, e muitas. Um aluno que estudou e pensa saber toda a matéria, assim mesmo fica apreensivo antes de fazer a prova. Estamos nessa situação: a parte teórica, sabemos, mas e na prática? Realizaremos o que planejamos a contento? Saberemos vencer as dificuldades que surgirão? O plano físico oferece muitas ilusões e tentações.

— Pelo que entendi, vocês gostariam de viver para sempre no plano espiritual, não é?

— Não é isto — Nenvis sorriu *—, sabemos que temos de ser testados por nós mesmos, periodicamente. Somos espíritos que ainda estamos no rol das reencarnações terrestres, ora lá, ora aqui.*

— *Ontem* — contou Noeli —, *no posto de socorro, Maria Inês estava eufórica porque ia reencarnar logo. Contou-me que não se acostumara no plano espiritual e que queria viver no plano físico. Admirei-me.*

— *A maioria dos habitantes da Terra gosta da vida encarnada, dos prazeres que o corpo carnal oferece. São muitos os espíritos que querem reencarnar, e os motivos são diversos. Há os que querem provar a si mesmos que aprenderam a lição, como nós, e a maioria fica preocupada e apreensiva diante das provas. Outros, sentindo remorso, cuja dor é realmente profunda, querem a bênção do esquecimento e resgatam seus erros, muitas vezes sofrendo o que fizeram o outro padecer. Uns desejam o envoltório físico para estar em contato com desafetos ou afetos, e outros pensam em gozar de prazeres ou simplesmente gostam da vida na carne.*

Noeli ficou pensativa.

"Com certeza, eu, como Noellii, antes de ter o sofrimento como lição, era egoísta e, com certeza, se pudesse escolher, iria querer ser bela e rica. Bendita a dor que ensina. Espero aprender de agora em diante somente pelo amor."

Diante das ameaças do padre, os pedidos diminuíram. Nenvis reencarnou; Maria, Carlos e Clara também. Ficaram somente Noeli e Leocácio e, quando precisavam de ajuda, socorristas do posto de socorro os ajudavam.

Noeli começou a pensar na sua reencarnação. Sentia medo de errar novamente. Teria beleza de padrão normal e teria condições de estudar. Não planejou o que estudaria. Veio a saber que a maioria das pessoas não escolhia, no plano espiritual, o que estudaria ou no que trabalharia. Queria ter uma profissão que fosse útil e que, além de prover seu sustento, ajudasse pessoas. Não teria, como Carlos, Clara, Nenvis e Maria, alguém combinado, um espírito afim, para se unir. Teve conhecimento de que a maioria dos espíritos não planejava este compromisso. Eram poucos os que se comprometiam a ficar juntos. Desejava encontrar alguém para amar e ser amada, casar e ter filhos, queria ser mãe. Seus planos eram poucos: desejava, ao desencarnar, ser socorrida, mas, para realizar este desejo, teria de fazer por merecer. Dedicou mais tempo aos estudos, ia muito à colônia, queria ter mais conhecimentos e passou a trabalhar algumas horas na biblioteca. À medida que o tempo ia passando, foram muitas as vezes em que Noeli sentiu medo de voltar ao plano físico, de provar a si mesma que queria ser útil fazendo o bem.

"Será que serei capaz? Serei útil? Não quero fazer nenhuma maldade."

Numa tarde, muito pensativa, abriu *O Evangelho segundo o Espiritismo* e leu: "Compreendei o grande papel da Humanidade, compreendei que, quando se gera um corpo, a alma que nele reencarna vem do espaço para progredir. Cumpri vossos deveres, e colocai todo o vosso amor em aproximar essa alma de Deus: esta é a missão que vos está confiada e recebereis a recompensa se a cumprirdes fielmente".[1]

— *Tomara que eu seja recebida assim* — Noeli desejou ardentemente —, *que me eduquem e me deem uma boa orientação religiosa. Meu Deus! Estou pensando em mim, no que quero receber. Devo meditar sobre este texto para receber meus filhos e educá-los. Pensar em dar, servir, porque somente assim caminharei rumo ao progresso.*

Anos depois, com os futuros pais adolescentes e namorando, Noeli deixou definitivamente o trabalho junto aos encarnados e foi para a colônia estudar, se preparar para reencarnar. Grata, sentindo-se em paz, olhou pela última vez o túmulo, que tinha somente três flores, e sorriu. Não voltaria mais ali; se houvesse pedido, a equipe de socorristas do posto de socorro e Leocácio atenderiam.

— *Ainda bem que eu nunca estive aí!* — exclamou ela. — *Despeço-me agradecida, aqui escutei muitos rogos e aprendi a servir. Obrigada, meu Deus, pela oportunidade da reencarnação.*

Partiu esperançosa e feliz.

Fim

1. N. A. E.: Capítulo 14, "Honrai vosso pai e vossa mãe", "A ingratidão dos filhos e os laços da família".

Obras da médium Vera Lúcia Marinzeck de Carvalho
Espírito Antônio Carlos

A Intrusa

Uma envolvente história que explica o porquê de tantas pessoas, ao desencarnarem, não aceitarem o socorro imediato e retornarem ao seu ex-lar terreno.

A órfã número sete

O investigador Henrique queria prender um criminoso... Alguns espíritos também...

O Caminho de Urze

Ramon e Zenilda são jovens e apaixonados. Os obstáculos da vida permitirão que eles vivam esse grande amor?

Um novo recomeço

O que fazer quando a morte nos pega de surpresa? Nelson passou pela experiência e venceu!

Amai os inimigos

O empresário Noel é traído pela esposa. Esse triângulo amoroso irá reproduzir cenas do passado. Após seu desencarne ainda jovem, Noel vive um novo cotidiano na espiritualidade e se surpreende ao descobrir quem era o amor de sua ex-esposa na Terra.

Obras da médium Vera Lúcia Marinzeck de Carvalho
Espírito Antônio Carlos

Véu do passado

Kim, o "menino das adivinhações", possui intensa vidência desde pequeno e vê a cena da sua própria morte.

Escravo Bernardino

Romance que retrata o período da escravidão no Brasil e apresenta o iluminado escravo Bernardino e seus esclarecimentos.

O rochedo dos amantes

Um estranha história de amor acontece no litoral brasileiro num lugar de nome singular: Rochedo dos Amantes.

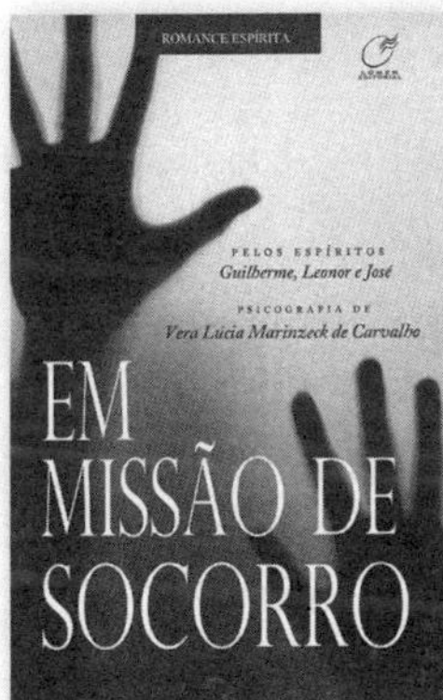

Espíritos Guilherme, Leonor e José

Em missão de socorro

Histórias de diversos resgates realizados no Umbral por abne gados trabalhadores do bem.

Espírito Rosângela (Infantil)

O pedacinho do céu azul

História da menina cega Líliam cujo maior sonho era ver o céu azul.

Impressão e acabamento:

Orgrafic
Gráfica e Editora
tel.: 25226368